文芸社セレクション

連理の枝

～演劇人たち～

末永 洋子

SUENAGA Yoko

文芸社

目次

序章 …… 5
第一章 …… 11
転回 I …… 18
転回 II …… 31
転回 III …… 39
転回 IV …… 51
第二章 …… 67
転回 I …… 75
転回 II …… 85
転回 III …… 101
終章 …… 120

序　章

天にあれば願わくは　比翼の鳥とならん
地にあれば願わくは　連理の枝とならん

白居易　『長恨歌』

私は小さい頃より、こうして欲しい、こうなって欲しいと思うことが、すっかりその通りになっていくのが母の存在故、と信じていた。そしてまた、母に頼めばすべてのことが解決すると当たり前に思っていた。例えばボタンの取れてしまったシャツは、朝起きると元通りの定位置に収まっている。雨が振り出せば帰りのご挨拶までには学校へ傘が届き、ガチガチに絡まった綾取りの糸は、母の手に掛かればスルスルとたちまち元通りの輪になってしまう。遠足といっては、朝、目の覚めるころには、既にお弁当と水筒が用意されているはずだった。

中学生になったある日の夜、私は、食事を終えた後、流し台で茶碗を洗っている母

の背に向かって、

「母さん　りんご……」

と、いつものように言った。

すると母は蛇口の水を止め、上半身をゆっくりと捻じり、居間にいる私の方へ振り向き、

「母さん　いなくなったら　あなた　どうするの……」

と、芝居の台詞の一つひとつを飲み込むようにして言った。抑揚のない平面的な母のその言葉は、母の内側から絞り出されて吐き出てきた分身のようであり、異次元の空間から聞こえてきたようでもあった。

流し台の上方にある薄暗い電灯の灯がその言葉と相交じって、いっそう奇妙な母の上半身のシルエットを浮き上がらせていた。

それは決して私を咎め、叱る口調ではなかった。が、その時私は、全く別人の母を一瞬、垣間見たような気がした。

それまでの作業を止め、母は二個のりんごを皿に乗せ、居間のテーブルに置き、無表情で剝き始めた。何も考えられず空っぽになってしまっている私は、ただ、くるくると踊りながら紐状に垂れ下がっていくりんごの皮と母の血の気のない顔とに、交互に視線を動かしていた。

その母のつるりとした無表情の内側には、それまでと変わらぬ大きな目を糸のように細くして笑っている母の顔が押し込まれていると私は思いたかった。

傍らでは父と小さな弟がコミカルなテレビ番組に、その一瞬の出来事に気づくこともなく声を立てて笑っていた。

その出来事以来、母のその言葉が事あるごとに思い出され、学校から帰った時、遊びから帰った時、母の存在が消えて無くなってしまっているような、そんな錯覚をしばしばした。

生きていれば体験したことどもを、後になり思い返せば、多少なりとも生きざまに釘を刺し、また拍車を掛けていることも少なからずある。もちろん十三、四歳ころの私では、とうてい人生経験などといえるほどのものは無く、振り返るには早過ぎもするのだが、それだけに、その事件は私の体内に響き渡り、ぶち当たっては幾重もの波紋がさらに重なり、得体の知れぬ摑みどころのないものの姿となっていった。

その少し前だったと思う。

真新しい印刷の匂いのする教科書を手にして、折り目をつけることに後ろめたさを感じながら、まず一番に手にしたのは美術の教科書だった。他のものより少し大きめの、薄いその教科書をぱらぱらと捲っていたとき、真ん中ほどのページの二葉の写真が目に留まった。同時に、それらは強烈な光と熱で両目に焼き付けられてしまっていた。その教科書の体や、そのページのその写真の周りの文字は、例えばコンピューターであれば永遠の未登録のままであるが、その二葉の写真だけは折に触れ、今でも記憶のままに空白のページに写し出される。

その右のほうの写真は郷愁も含めてセピア色と言うにはほど遠く、むしろ、くすんだベージュ色のヴェールに包まれたような全体の色調である。

夕暮れ時のビルの谷間の狭い石畳の下り坂をひとりの女の子がスカートを翻し金輪回しをしている。影が描かれているとしたら、それは乳白色の長い影である。少女の駆ける足音や金輪の回り続ける音は、すべて辺りに吸い込まれ、あとに残るのは延々と続いて行き止まることのないビルの谷間の狭い石畳の下り坂であり、だんだんと速度を増して駆けていく少女は、回り続ける金輪から離れ、音もなくどこかへ舞い上がっていく――そんな画面がこの絵の続きに、まず、思い描かれた。次に、この女の子はどんな家族の待つ家に帰っていくのだろう、とさまざまな家を思い描いても、しっくりといかない女の子のように、中学生になったばかりの私には思えた。

記憶というのは実に気まぐれで断片的である。私はその絵が「キリコ」のものであると信じ込んでしまっている。なぜ「キリコ」が焼き付けられたのか全く分からない。

その絵の下の解説に書かれてあったのかどうかも疑わしい。美術書を見て確かめるのは簡単なことだが、そんなこととは悉く懸け離れた孤立した意識の中の隙間に埋め込まれてしまったようなものである。

かつてルーブル美術館を訪れたときに、限られた時間内に自分の目で確かめたい本物の絵画、彫刻は数多くあったが、気の遠くなりそうな館内で、まず私は「モナ・リサ」を探して、フロアを走り、階段を駆け上がり、そして下り、ようやく出会えた一点の絵を目の当たりにしたときの確信は、何にも例えようのないものであった。が、それは「モナ・リサ」を特別の好みというのでもなく、至上のもの、好きな絵の一つ、などというのにも程遠いものであり、まして「ダ・ヴィンチ　イクオル　モナ・リサ」という概念を非常に軽蔑していた私でもあったのだが、「ニッポン人のオノボリサン」気質宜しく、私もその域からはみ出していなかったのだろうか。

そんな「モナ・リサ」と相対するのが「金輪回しの女の子」の絵であろう。

そして、もう一葉は「能面」である。黒をバックに一片の花弁より軽く、無重力の中で浮かんでいるような面。

多様の色彩に慣れ親しんでいる中で、そのモノクロの濃淡の写真の面は、それでいて、今にも話しかけてきそうな、目尻をほんの少しく吊り上げて笑いかけてきそうな、手をそっと触れると人肌ほどの温もりを感じるような、恐ろしいほどの魂魄を感じ取ったのは、私だけだったろうか。

第一章

「断絶していると思い込んでいた時間、記憶の繋がりに気付かされることもある……」

「確かに。意識したとたんに顕在化する？　断絶していたと思うその個々の端々の境界を隔てて繋がっているものは絶対にあると思います」

「では、もし、その端々にあるとして、いったい君は何を一番に意識してみたい？」

「……そうですね、まず時間、そして漂っている空気？　かな……」

雄高《ゆたか》との会話の中で私は何を話しているのか、何を伝えたいのか、何故こんなややこしいことになってしまうのか、そもそも何が発端で、向かい合ってまでこんな会話をしなくてはならないのか、さっぱり分からなくなってしまった。数十年前と全く変わっていない状況である。

「時間と空気か……

空気には境界なんてないと思う。場所にはきっとあるはずだけど。

雲は無窮の空を縦横無尽に風と共に戯れ流れているし、飛ぶ鳥も機械作りみたいな一枚一まいの羽根を駆使して飛び渡るだろうし、時には国境の蒼穹をまたいで架かる虹もあるかもしれない。星も月も太陽も、太古の昔からずっと場所、時間を問わず、嬉しいときも、そして、悲しいときには涙が流れぬようにと、仰ぎ憧れ、人はよすがとしてきたんだと思うけれども……」

「思うけれども、って?」

「……いや、なんでもない……」

この流れになると黙ってしまうより他はない。話せば話すほど迷路にはまり込んでいってしまって、言葉ではなくなり、ただの記号を吐き出しているようで、身動きが取れなくなってしまう。道標のない三叉路の前で立ち竦んでしまって、必死になって逃げ道を探しまくったあげく、どうしようもなくなり、いつもいつもそうであったけれども、悔恨の気持ちしか残らないという思いは、いやというほどしてきたつもりだった。

では、この数十年という歳月は私にとって、いったい何だったのだろう。その過ぎ去った道程には、例えば、高低、左右、上下、硬軟、強弱、重軽、寒暖、明暗などの差はあれ、少なくとも私にも雄高にも平等に与えられたはずの時を、時刻を刻む音と共に、身に纏いながらやり過ごしてきたはずである。が、端折られてしまった時の長さとは無いにも等しいものであるかもしれない。

思い返せば、何をもってしても私とは接点のない雄高だった。他の友人たちとは、全くばらばらの考えであっても、どちらからとも無く歩み寄り、或いは意識して合わそうとしたり、自分自身を削ってでも、しかし、何のためらいもなしに同調できたりしたものだったのだが。


「こういう感じ　かなり　きついのですが」

「自分だって　そう思う」

「もう少し　楽しい話をしませんか？」

「楽しい話？　なにか　あるの？　あったら話してみたら？」


本当につらかった。これ以上、この場所に二人だけでいること自体がよくないことと、おそらく私も雄高もわかっている。

その思いとは裏腹に、このジャズ喫茶「再会」の透明の大きなガラスの窓越しに臨める歩道には人々が行き交い、街路樹のスズカケの木々の葉は真緑色が遠のき、端々がほんの少しカールして茶に染められているのを見る。幹線道路に近いこの支線は、頻繁な車の離合や、そして、時折、積み荷を荷台一杯にした大型トラックが通り過ぎる。この遮断された空間には、タイヤの軋む金属音も、アクセルをふかす騒音も届いてこない。

……もう　秋……

ふと昔の記憶が蘇ってきた。「金輪回しの女の子」である。

……あの絵の中の季節は　きっと秋半ばに違いない……

席に着くと同時に注文したコーヒーは手付かずのままである。窓ガラスを隔てた外の喧騒とは裏腹に、店内を包み込むようにスローテンポのジャズが流れていた。聴いたことのある曲だが思い出せない。気怠さが淀んでいるようなフレーズの通奏低音が、意識の奥底に果てなく染み込み、層をなし積み重ねられていくのが身をもって分かる。

「この曲は？」

「サマータイム」

「歌っている人は？」

「エラ・フイッツジェラルド」

　そういえばずっと昔、習いたての英語で口ずさんでいたことを思い出した。


「子守歌でしたか？」

「一元論的に言えば、そうだけど」

「では、二元論的では？」

　雄高はおそらく私のその言葉を挑発として受け止めたに違いない。

「君は、本当に、返事を聞きたくて聞いているの？」


「……いえ……」

　そんなこと、どうでもいいこと、と半ば切り捨ててはみたが、言ってしまったことを少しばかり後悔した。
　二元論的――それは雄高にとっては、やり繰りしてようやくかなえられたこの場所での、僅かの時間内につまびらかに思いを述べることは不可能であることを、私は百も承知している。

何もかもに遠ざかっていた。身の周りから一つずつ剝ぎ取っていき、気が付いたころには一体何が残されたのか。端折られた歳月に落としてきたものは、おそらく量ることはできやしない。だとすると、それらの時間は私にとっては無かったものに等しいのか。万人に平等に与えられているのは、時間と天日だけという持論だった。だからこそ、大切に遣いたいと公言していたにもかかわらず……

しかし、失うものがあるからまだいい。もしも失うものがなかったら……。きっと自分自身を見失っていたかもしれない。絶望なんて絶えず手の届くところにあったはずだ。

では、なぜ？

「洋平君に会ったんだって？」

「えっ……ええ、ずいぶん前のことで……」

不意を衝かれて、一瞬、いつ頃のことだったか逆算しようとしたが、記憶がばらばらに飛んでしまって繋ぎ合わすことができない。

かつて、昔の記憶を呼び戻すとき、画面いっぱいに、ダリの絵のようなぐにゃっと押し潰された時計板が映し出され、その針がものすごいスピードで逆回してピタッと止まったところで、その時の記憶が蘇ってくる、というドラマを見たことがある。そんなタイムスリップのできる時計があればいい、と思ったこともあったが、無意識に同じようなことをしていた。

「たぶん、十四、五年前でしたか……」

「その程度？」

「……ずいぶん　昔のことで……」

できることなら、今のこの気まずい状況の中では避けたい話題だった。しかし、雄高は容赦なかった。

その時の洋平の服装は？　何を話したか、どんな様子だったか、元気だったか、と次々に飛び出してくる問いに、逆回した時計の針は中途で止まってしまったまま一言も言葉が浮かばず下を向き、目を閉じたまま、凋んでいく私をじっと見つめている私自身のいることを肌身に感じながら必死に何かを思い起こそうとしていた。

転回 I

それは学生時代から十年間、住み続けた下宿から、辞令の出た県外の仕事場に近いアパートへ引っ越して半月も経たない頃だった。

転居の知らせは知人、友人たちにはひと月前に済ませている。もちろん雄高にも洋平にも。しかし、洋平からの封書が届けられたのは、三日前の消印の、前の下宿宛の速達である。

「届いたので、すぐにそちらへ転送します」

友人の計らいだった。

洋平からの速達?

これまで洋平からの手紙といえば京都公演終了後、東京からの一度きりであって、年賀状以外は、たまの下宿の家主宅への電話を取り次いでもらって公衆電話からかけなおす、それだけのことでしかなかった。しかし年賀状の見慣れた文字とは裏腹に、表書きの不揃いな歪んだ文字は、果たして洋平自身のものかどうかも疑ってしまった。

すぐに開封する。無造作に折り畳まれた便箋を開いてみると、縦の二本の罫線にはみ出しそうな殴り書きの大きな文字が、まず、目に飛び込んできた。

『三月二十八日　四条河原町　北側
西に入ってすぐの「マイル・ストーン」　2F
一時　PM　に　おいで請う。
どうしても話したいことがあるので』

明後日の指定である。

それにしても話したいこととは一体なんだろう。グループのことか、或いは彼女、玲子のことか。

つい先日、メンバーのまとめ役の孝雄と康江から連絡を受けた。

『久しぶりに飲み会をするから出てきて欲しい。

時期も時期なので出席者少ない。

ところで洋平君と玲子さん、どうしても連絡取れず。

もし、そちらに情報あれば知らせてください』

引っ越しのこともあり、今回は欠席、との返事をしたが、二人に何があったか、またいつものこと、と気にも止めなかったのだが。

二十八日といえばすぐである。洋平に会って話を聞いてからでも伝えるのは遅くはない。

十年余り、市街地からは随分離れた地域に住んでいたが、初めて聞く店の名である。探す時間も含めて指定された場所へたどり着くには、方角、地理に疎い私にとっては、少なくとも二、三時間はかかる。

その日、十時前にアパートを出た。

「マイル・ストーン」　強いて言えば「一里塚」だろうか。洋平の郷里は、岐阜と聞いていた。上京する途中で京都にも立ち寄ったことがあるのかもしれない。メンバーの内では、めっぽう日本史に強かった。その点、京都は彼にとっては格好の教材だったのかもしれない。

終点　四条河原町に着いて、さしあたって「マイル・ストーン」を探すことにした。横断歩道を北へ渡り、大通り沿いに西に入ったところの細長いビルの電光掲示板に、その文字を見つけた。入口の脇に古い石碑が立っていた。歴史に疎い私は、やはり一里塚の跡、と勝手に思い込んでしまったが、洋平に尋ねることの一つにしようと、その時に思った。

この町を出て、それほど日にちも経っていないのに、烏合の衆みたいに大勢で笑いながら、話しながら、このメインストリートを行ったり来たりしていた頃のことが、ずいぶん昔のことのように思えてならなかった。

……皆　それぞれの季節を、それぞれの場所で、懸命に過ごしているに違いない……

多少、感傷的になりながら時計を見ると、それでもなお、約束の時間までには間がある。

隣接するビルの並びを再度確かめ、少しばかり時間をつぶそうと、来た道を引き返し、横断歩道を渡って、交差点南角にあるデパートに入った。入口を入ると一階のフロア全体が、春色の装飾品、雑貨などで彩られていた。今までは振り向きもせずに通り越していたフロアである。ゆっくりと、いつもの歩調の三分の一くらいに速度を緩め、コーナーごとに見て回った。待ち人が洋平ではなく、恋しい人だったらどうなんだろう……、きっと逸る気持ちを抑えられなくて、三十分は優に先取りして席に着いているに違いない……、などと思い描きながら時計を見ると一時二十分前だった。洋平のことである。早くても三十分は遅れるはずだ。

集合時間には必ず一時間は遅れる洋平だった。皆で申し合わせて一時間早めに時刻をセットしたことがあるが、洋平は見透かしたように二時間遅れてくるようになった。その度に玲子は「首に縄をつけて引っ張ってきたらいい」などと皆に言われていたが、彼の常習は直らなかった。

しかし、今回は洋平自身の指定である。もしや、と思いつつも、いや、絶対に三十分は遅れる、自分ではどちらに賭けようか、と半ばゲーム感覚のように面白がっているようで、その結果を東京在住の皆に報告するのも楽しみの一つとなったが、とりあえず急ぎ足でデパートを出て、再度、横断歩道を引き返した。

両脇のビルを確かめて、風化して文字も見えなくなっている古い石碑を確認した後「マイル・ストーン」の文字に吸い込まれるように、二階へと階段を上っていった。

もしかしたら、すでに洋平はテーブルについていて、オーダーしたレモンティーは飲み干してしまっているかもしれない、とは思いつつフロアを見回したが、三人のグループを除いては人の気配はなかった。階段を上り下りする人の見える、そのグループとは少しばかり離れた奥のテーブルに着いた。

こぢんまりとした店内は、アコーディオンの物悲しい音色が天井のスピーカーから覆いかぶさるように降ってくる。音には重さがあるのかもしれない。

三十分経ち、ほどなく一時間が過ぎて行く。

その間、客の動きはほとんど無かった。

……もしかして　日にちを間違えてしまった？

さもなければ　時刻？　場所？

時を追うごとにだんだんと不安になり、洋平の手紙を開いて確認した。復唱する。確かにこの日、この時刻、この場所だった。何か急な用事でもできたのだろうか、と思えてきたが、その日は他に用事も予定も無く、この際、気の済むまで待ち続けようとコーヒーのお代わりをして、バッグから文庫本を取り出した。

太宰『晩年』である。洋平のこだわりの作品だった。日本の文学史上右に出るものは無い、まず、『晩年』からだ、と気合いの入れようだった。繊細で透明でキラキラと淀みなく流れていく散文のような文体に、不思議に魂の奥深く引き付けられていったのは私だけではない。メンバーの誰もがそうだった。

そんなことを思い出しながら時計を見ると、すでに一時間半が過ぎていた。

階段を下りてくる人の気配を感じ、それが洋平だと分かるには少しばかり間があった。「ヨウヘイクン！」傍目かまわず立ち上がって大きな声で叫んだようで、彼の虚を衝かれたようなびっくりした顔に一瞬、気が付いたが、慌てて辺りを見渡した。先ほどの三人組のテーブルは跡形もなく片付いていた。私以外に人の姿はなかった。彼はまるで老人のようなおぼつかない足取りで私の方へやってきた。

「今まで待っていたんだけど……」

なんだか様子がおかしい。いつもの洋平ではない。みんなと一緒だったら「私の方こそ待ってたのよ」と切り返すところなのだが、

「上の階にいたの？」

と、まず聞いてみた。

「三階って言ってなかった？」

「二階って書いてあったんだけど？」

「最近　こういうことって　よくあるんだ」

とりあえず向かい合って椅子に腰かけた。他の誰も周りにいなくて、洋平と二人きりで向かい合って話をするのはグループ結成以来、初めてのことである。

何から話そうと考えていたが、

「もし、私が気付かなかったらどうしてた？」

「……もう　帰ろうと……」

「レモンティー？　で、いい？」

ウエイトレスにレモンティーを二つ頼んだ。

「待ち時間にコーヒー、三回お代わりしたの。本当に気付いて良かった。これで気が付かなかったら一生、恨まれるところだった」

「……今まで随分みなを待たせてしまったから……」

「えっ、なんだか洋平君らしくない」

少しばかり笑いながら、しかし、妙に実感しながら言った。が、でも、なんだか変だ。

「東京から新幹線？」

「……そう……」

ここまでは、すべて洋平の受け身の答えに少々苛立ってきて、何か話の糸口を、と

探りながら、

「孝雄君と康江さんね、あなたと玲子さんに連絡取れないってずいぶん心配してたのよ。どうしたの?」

と、尋ねた。

「……うん……」

「閉店までは、まだ時間あるからゆっくり話そう」


一ト月半の間、海外の青少年との交流という目的で全国各地からコアとなる東京に十五人の仲間が集められた。報道関係の仕事、議員秘書、政治家志望、医学、工学、美術、文学、哲学、家事手伝いなど様々なジャンルに籍を置く学生、社会人の年齢層の厚い集まりだった。後輩もでき学生生活も板に付いた頃の三年目の夏間近だった。

それぞれが特出した個性の持ち主で、日にちが経つほどにどうでもいいような話題にですら、夜っぴて意見を出し合い議論が続くことが多くなった。入学以来、周りは学生ばかりという私には、それまでの受験勉強以外には、まだまだ考えも浅く、経験も少なく、知識もなく、ただ、素晴らしい刺激と受け止め、できる限り消化できるようにと、もっぱら聞き役に徹していた。同時に、欧州、中でも東欧、そしてソ連の若者たちとの交流は、メンバーの個々の角を取り払ってくれたようだった。

その中で、ニーチェに凝り固まっている哲学専攻の演劇部の部長、および二年留年して尚、在学六年目、遅刻常習の洋平と、両親ともに精神科医で、いずれは自身も、とすでにレールの敷かれている一人娘の玲子は国家試験を控えた医学生、という異色のカップルとして、みんな温かく見守っていこうということにした。

帰国してからも、三か月に一、二度は招集をかけるから、都合のつく人だけでも集まろう、と東京在住の孝雄が提案して以来、私も飛び飛びではあるが、集まった仲間たちとの夜の会食、二次会と利害無しに、気を遣うことなく語らえる時間が、至福のように思えてならなかった。もちろん、そこには遅刻常習の寡黙な洋平と、潑剌とした玲子のふたりも並んでいた。

渡航中、洋平からは独自の芝居論を聞かされていた。

文化、文学、哲学、美術、果てには政治、経済、そして数学、物理においては幾何学的舞台空間、宇宙よりも広大な空間と見立てて、それらで最大限に満たしていかなくてはならない。それには演者、大道具、小道具、照明、脚本はもちろんのこと、舞台上の物理学的な問題を全うするためにも、まず初めは自分一人で土台席を固めてからスタッフたちの意見を聞くようにしている。

主役よりも脇役のほうが難しく、ドラマでも映画でもそうだけれど、脇役をお願いするのが一番重要な仕事だと思う。つまり、劇中で、脇役は決して主役の前に立たない。目立ってはならない。しかし、主役に寄り添って主役の力量をさりげなく、最大限に引き出さなくてはならない役、であるという。さらに主役でも脇役でもその他の役割でも、一人だけが気負っていても全体が浮き立ってくる。見ていても安っぽくなる。主役は決して自分を失わず、それでいて役になりきる。そこのバランスを崩してはダメ、そして助演は主演とのバランス。そして舞台全体とのバランス、そして自然体に……。「観客が舞台に同化するような芝居」とするためにも、まだまだ現実問題として、ブレヒトのこの言葉を肝に銘じて勉強したい、と語る。

「比翼連理」というが、なにも夫婦の理想論に限られたことではない。楽団を率いる指揮者みたいなもので、楽団員の一人ひとりが主役であり、その一人ひとりから最高の技術、音を引き出せなくては二流指揮者となる。そういったことにおいては、自分には最高に信頼できる団員たちがいるから幸せ、であるという。

言葉少ない洋平が低く太い声で、独白のように皆の前で語る唯一の芝居論だった。コンサートでは何気なく聞き入ったり、せいぜいテレビのブラウン管を通しての劇やドラマしか見たことがなかった私にとっては、異次元の講義を聴いているようだったが、名称だけでも周知のいくつかの劇団へＯＢを送り出している演劇部の主将なればこそ、と皆聞き入っていた。

帰国して間もなく、洋平は卒業を待たずに退学してしまったらしい。彼にとって単位不足の教養課程の授業や、基礎的な哲学論を聴いている暇など無かったのだろう。演劇部のOBにも掛け合って、部員五人と幾人かの有志を集めて劇団を創設したらしかった。悉く「無」からの出発、と位置付けて「ゼロ」と名付けられた劇団旗揚げの案内状には、いくつかのスポンサーも取り付け、中央の舞台関係者の間では徐々に名を上げてきつつあるという。演出、脚色、舞台全般に亘って手掛けている洋平は、評論家のコメントを読む限りでは、今世紀最高の寵児であり役者である、と、いう。

私たちメンバーは皆、洋平のことをとても誇りに思っていた。もちろん、研修医になりたての玲子だってそうだった。

いつもなら日時と、東京には不慣れな、加えて方角に疎い私には、かなり詳細な集合場所の地図が同封されているのだが、その日、下宿に届いた封書には、加えて、洋平の舞台の招待券が一枚添えられていた。演目は『マクベス』。初日から、終演の幕が下りてもアンコールが止まず、スタンディングオベーションの絶賛を博している、とのこと。

ロング・ランのフィナーレのその日、観劇の後、洋平を囲んで皆で祝おう。劇終了後の花束贈呈を、お願い。玲子に、とお願いしたけど、今回は遠慮する、とのことだったから、と、孝雄からの添え書きがあった。

渡航して、いつの間にか最終学年も後半に入り、修士へと進路を決めた頃だった。

私は一も二もなく承諾した。

私は送り届けられたチケットを日夜眺めていた。

転回　Ⅱ

　私が雄高に最初に会ったのは、上京する一週間前の日曜日のことだった。下宿の二階の向かい側に住む祐美子から、大学のすぐ近くにある能舞台での研能会に誘われた日である。

　能楽といえば、私にとっては真新しいことではなかった。祖父と父は謡、祖母に小鼓、母は仕舞、親戚が集まれば「一曲、お願いします」と連吟が始まる。弟と一緒に父の隣に正座をしてじっとしている。しかし、本物の能楽堂での演能はそれまで一度も観たことがなく、旗日にテレビで放映される「能」の番組を父母が観ていたのを除いては、「能」に寄せる知識は全く無く、興味もなかった。

　しかし、入場料は無料、しかも、お昼の粗飯券、粗茶券までも番組に付いている。朝昼飯抜きの節約モードの貧乏下宿生にとっては願ってもないことだった。そんな経緯もあって、むしろ祐美子が誘ってくれたことに感謝した。祐美子は短大の二年生。茶道部で活躍中。研能会での茶席で点出しの手伝いの応援だそうだ。

電車通りに面した、間口の狭い格子戸をあけ、こぢんまりとした植込みの庭園の敷石を踏みながら、玄関で靴を脱いで奥へ入って行くと、表玄関からは想像もつかないような空間に、舞台正面に描かれている老松の絵と共に能舞台全体がどっしりと浮かび上がっている。格子戸の外から内へと、全く次元の違う世界へと入り込んでしまったようだった。

開演までには、まだ時間があり常連と思われる客たちが見所に並べてある座布団の一等席辺りに座っている。紋付、袴姿の内弟子たちが忙しなく走り回る中で、とりあえず、場所取りのプログラムとハンカチを座布団の上に置き、祐美子の案内で二階の見所へと行った。四畳半ほどの区切られた部屋が簡易茶席となるようで、席には赤い毛氈が敷かれていた。準備に精出している祐美子の先輩たちとしばらく話をして、席へと戻った。

開演間近になり、見所はほとんど埋まってしまっている。

番組に目を通す。能二番、『野宮』と『小鍛治』。その合間にも、舞囃子、素謡、仕舞が数多くあり、能舞台に描かれ転回していく様は、見るもの、聞くものすべてが異様に思えた。舞台に繰り広げられる絵巻もどきは、今時、このような世界が、たとい虚構のものであるとしても、実際に目の前に存在していることが何故か不思議に思えてきた。

その『野宮』の面こそ昔、美術の教科書で見た面、そのものに映り、その時の思いが、そのまま、蘇ってきた。

ただ、そのなかで「能面のような無表情さ」とは絶対に形容してはならない、という実感は、りんごの皮を剝いていた、表情をすべて内側に押し込めていたように見えた母の顔にもあったような気がする。

わずかな面の角度の違いが種々の生々しい表情を生み出す。もちろん、面だけの所為ではない。装束、演者、舞台、客、すべての合体でそう思えるのは、以前、洋平から聞いたブレヒトの「観客が舞台に同化するような芝居」が時代を超え、洋の東西を超え、普遍的な舞台の基本的理念となっているのかもしれない。しかし、洋平の舞台とは根本的に何が違うのか、対比して観劇するのも面白いものになるような気がして、一週間後がさらに待ち遠しくなった。

休みの間合いなしに繰り広げられる舞台上の謡、仕舞、舞囃子を堪能しながら、次の能『小鍛冶』が始まる前までにと、祐美子と席を立ち茶席へ向かった。先輩二人の切り盛りで充分だから、と菓子とお点前をいただきながら、祐美子に思いの丈を話した。しばらくして、二人の学生らしい男性が隣に座った。祐美子と二人の先輩とは顔見知りだったらしく、軽い挨拶の後、私に紹介した。

能面を作る人のことを「面打師」と呼ぶそうである。その作家の父を持ち、今は芸大の彫刻科に在学しているが、面を打つ修行中、とのことであった。いずれ、父親と同じ面打師になりたいという。

初対面でもあり、その場では挨拶程度しかしなかったが、この先、様々な話を聞ける機会もあるように思えた。

『小鍛冶』の面は周知の女性の面とか般若の面とは全く違っているようだったが、雄高の父親の作であるという。

番組のすべてが終わった後、私は入門を願い出た。師匠夫妻が温かく迎えてくれて、次の稽古日と、靴下をもってくるように、とだけ伝えた。

余韻を残したまま、バス通りを歩いて帰ることにした。その帰り道、偶然にも、私と祐美子は雄高とその友人という二人に会った。

「近くだから寄っていきませんか?」との誘いに「はい」と即答したのは私の方だった。電車通りに沿った幅広の歩道を前二人、後ろ二人で祐美子と並んで雄高たちに続いた。

「まるで行進してるみたい」と言えば、

「ホントにそうだ」と雄高が後ろをふり向いて言った。

電停の一区間ほど歩いて右に折れた。道幅はかなり狭く、大学が近いせいか、喫茶店や日用品の並んでいる店やスーパー、弁当や肉屋、銭湯など、その並びで日常の生活は賄えるようだった。日曜日の夕方は学生の若者たちで賑わっていた。

大学と下宿の、バス往復だけの私には、店の一つひとつが目に留まり、ゆっくりと覗いてみたかったが、次の機会にと、通り越して行った。しばらく歩いてT字路を右に曲がると、さらに道幅は狭くなり、古い民家の立ち並ぶ住宅地に入っていった。まるで閑散としている古都の裏町の静かな佇まいだった。

「ただいま」

雄高は格子戸を開け「お客さん」とさけんだ。

「おかえり」と速足で玄関へやってきた人が母親、とすぐに分かった。

「母です」

雄高は祐美子と私に紹介した。

「雄高がお世話になっています」と母が言い終わらないうちに、

「この人、今日、あったばかり」と雄高が私を差して言う。

勧められるまま、テーブルについて、お茶とお菓子をいただいた。

「仕事がら、この子も父親も寡黙なほうで、代わりに私一人でお喋りが上達しましてね。これでも昔は、おしとやかなほうだったんですよ」

一見して陽気で温かな人柄の母親だと分かるほどだった。

それから四人で雄高の部屋へ移動した。ドアを開けたと同時に石膏や絵の具の重たい臭気が流れ出てきたような感じがした。

板張りの床には、申し訳程度のシートが敷かれ、粘土や石膏があちこちと貼りついていていて、絵の具は飛び散っている。カーテンで仕切られた隣の部屋は、木屑で敷き詰められている。

「こちらは彫刻の部屋で、あちらは彫塑の部屋」

彫刻と彫塑の違いも分かったような気がした。星座にも彫刻具座（鑿座）、彫刻室座（アトリエ座）というのがあるらしい。

「能面はどちらなんですか？」

「確かに彫る、のだけれど、両方。でも、メン（それだけを呼ぶなら、普通は、オモテというんだけれど）を彫る、とは言わないなぁ。オモテは「打つ」、としか表せない」

部屋の壁には中学の美術の本に見覚えのある面が二つ掛けてあった。本の中の写真のものと、その日、舞台で見た『野宮』の実際の面と目の当たりに見る面との繋がりは、素人の私には全く同じように映った。

私は雄高に美術の本に載っていた能面のことを話した。話しかけてきそうで、手を触れると、人肌ほどの温もりが感じられるようだったことを思いつくままに伝えたつもりだった。

しかし、雄高からの言葉は、厳しいものだった。面がどんなに名品で傑作と言われるものであっても、作品としては未完成であり、演者がその面を掛けて、舞台の上で使ってこそ、命が吹き込まれ、温もりが湧いてくる、と言う。

因みに、面は「掛ける」か「着る」というそうである。

部屋の隅に、不似合いなスピーカーが二個無造作に置かれている。作業に行き詰まったときにレコードやラジオを聴くため、とのこと。自分で作ったもので材木を選んで皮を張っただけなのだそうだ。ヴァイオリンやジャズのヴォーカルや木管の音色が、まるでコンサート・ホールにいるようで、より、自然に聞こえて、その音色から創造、創作の道が新たに見えてくる、と言った。

まだまだ聞きたいことはあったが、又次の機会に、ということで、祐美子と私は帰ることにした。玄関で母親と雄高とその友人に、色々と教えてもらったことに礼を言った。雄高から、一週間後の稽古の帰りにでも寄ったら、との誘いを受けたが、東京での洋平の舞台を見に行くために来月からの稽古始めになることを伝えた。

『三文オペラ』を観たという。素晴らしい演出で、役者としても最高だった、と雄高は言う。そのとき、何故か雄高が、身近に感じられた。次の機会を楽しみにしたかった。

転回　Ⅲ

開演の五時に充分な余裕をもって京都駅に向かった。できる限り何も考えずにおこうと思った。例えば、東京に着いたら、とか、もし道に迷ったらとか、一切考えずに、どうにかなる、とそれだけを頼りに、しばらくはマクベスの文庫本を読むともなしに目線だけを追っていたが、暗記してしまった程に読み込んだ本を、ぱらぱらと無意味にも終わりのページまで捲って、そのまま仕舞い込んだ。窓の外の飛んでいく景色をぼーっと焦点を合わすことなく、追うことなく見ていると、自分の今までの来し方、これからのことなど、ごちゃ混ぜになって押し寄せてきそうな気がしてくる。目を瞑り、だんだんと意識が遠のいていくのを感じながら寝入ってしまったらしく、気が付いたときは、「終点　東京」のアナウンスの途中だった。慌ててバッグを棚から下ろして全身に力を込めて到着するのを待った。

何度か降り立ったホームである。しかし、方角に全く疎い私は、難度の高すぎるパズルの中に迷い込み、出口のない入口に入っていく、そんな思いをその都度してきた。相も変わらず右を向き、左を向いて、要らぬ神経を使い過ぎているのを感じながら、日曜日の午後のごった返している人波にぶつかり、その周りに渦巻く人いきれとで、何もかもが擦り切れてしまいそうだった。

ようやく、頭上の山手線の案内掲示板を見つけて、ほっとして矢印の方角に進んでいった。

渋谷駅で電車を下りた。ハチ公の像が私を迎えてくれたような気がした。その前方に陣取り、周りを行き交っている人の群れを追っていた。これほどの人たちの群れが、いったいどこから出てくるのか……自分もその中の一人、であるには違いないが、すべての人たちがそれぞれの住処に戻っていくことを思うと、暖かくも不思議な気持ちになる。

約束の時刻にはまだ間がある。しばらく行き交うヒト模様を眺めていた。その中に、康江と孝雄の懐かしい顔を見つけた。ホッとする。

「とりあえず　会えてよかった」

二人とも同じようなことを同時に言った。

「どっかまた、迷い込んでうろうろしてんじゃないかと思って」

そういえば今まで、この二人や他のメンバーに、どれほどの迷惑や心配をかけてきたか。私の方角感覚の欠如は誰もが認めているところだった。

洋行する前、研修会や結団式、壮行会などと頻繁に京都、東京間を往復した時も、帰国してからの集まりにも、全く初めての街に降り立ったように思えて幾度となく道順を尋ねた。

康江と孝雄の三人で近くのホールへと急いだ。入口にはいつものメンバーが私を迎えてくれた。

「とりあえず　会えてよかった」と、口々に言った。荷物をクロークルームに預けた。ホールのロビーは多くの正装した人たちが行き交っていた。孝雄が説明する。T交響楽団の常任指揮者、あれが作家の○○氏、あと、ピアニスト、俳優……と錚々たる著名人を目の当たりに、私は康江の用意していた深紅のバラの花束を握り締めながら、ただ、もう、うろうろしているだけだった。じっとりと手は汗ばんでいた。スタッフの一人に声を掛けられて、花束を預けた後、場内へと急いだ。

普段では到底手に入りそうでない、というSS席のシートに身をうずめながら、舞台裏では準備をすべて終え、幕開きに備えている洋平の姿を思い描いていた。ワインレッドの分厚い重たそうな幕の向こう側で、どんな洋平の世界が展開されるのか、空気の流れが止まってしまったような、心臓の圧縮されそうな時の流れを心地よく味わっていた。

やがて、開演を知らすブザーが鳴り、ふあふあの絨毯の敷かれている床に這い蹲って層をなしていた場内のざわめきは、波が引くように一点に吸い込まれて消えて行き、全体を包み込むアナウンスと共に、徐々に電光が落とされていく。音もなく幕が巻き上げられていく。舞台には、閃光の走る嵐の中で三人の魔女が浮かび上がる。

演劇を観る、といっても、高校の体育館兼講堂で、文化祭の演劇部の発表会くらいだった。このような劇場で芝居を観るのは初めてである。荘厳な舞台装置が贅沢になされ、音響効果も、今まで聴いたどんなコンサートよりもすばらしいものであるし、何よりも、ホール満席の観客の目が、舞台の上の洋平に注がれていることに安心しながら、一場一場進むごとに文庫本を一ページ一ページと頭の中で捲っていた。

終わりの幕が下りた。ほんの一瞬、空白の時が過ぎ、怒濤のような拍手に、それまでの不思議な虚脱感や感情の高ぶりで現に戻れずにいた私は、隣の席の康江から、急いで舞台裏に行くように急かされ、咄嗟に我に返った。

最初のカーテンコールに呼び寄せられるように役者たちが舞台に並ぶ。つい今しがたまで血まみれになり殺害された洋平が、何事も無かったかのように片手を挙げ、そして胸に当てて、恭しく辞儀をして喝采に応じる。私は舞台裏の幕間よりそれを眺めていた。

幾度となく繰り返されるカーテン・コールの合間の、時間の止まってしまったような一瞬、花束贈呈のアナウンスが終わるのを待たずに、また、割れんばかりの拍手の渦の中に巻き込まれてしまい圧倒された私は、スタッフの人から花束を受け取り、周りから促されるようにして舞台に二、三歩進み出て立ち竦んでしまった。舞台中央の洋平が微笑んで両手を広げて迎え入れてくれたことで、私は正気にかえった。彼も二、三歩歩み寄ってくれたが、舞台中央までの距離がとてつもなく長く感じられた。

「おめでとうございます」と花束を渡した。

「ありがとう

また　後で……」

と言いながら差し出した右手に、自然に握手することができた。氷のように冷たい手だった。それは、体中のエネルギー、生気などすべて燃焼し尽くした後の冷たさだろう、と後に思った。そしてこのことは私だけの秘密のこととして他の誰にも話さなかった。

花束が洋平の腕の中で小さくシックに輝いていた。

洋平がこんなにも大きく映ったことはなかった。それは才能はさることながら、名声、運、実力など、それらのものすべてを自分のものとして享受しているからだろう、と私は自分で納得した。

ホールを後にして、それまでの興奮も冷めやらぬまま私たち一行は銀座へと繰り出した。メインストリートを小路へ少し外れ、ビルの地階にあるロシアレストランに入った。時刻も遅かったせいか、予約席を除いてはほとんど埋まっていて、うす暗いフロアのテーブルにはキャンドルがロマンティックに灯り、三器のバラライカが「ともしび」のメロディを奏でていた。みたところ、スラブ系と思えるカップルも何組かいた。ゆったりとしたルパーシカを着したウエイターが席へ案内してくれる。バラライカの演奏者の隣が予約席だった。

「後、洋平君が来るから」

「わかりました」

学生あり、社会人あり、家事手伝いありと幅広い年齢層の同期生たちは、会うたびに身構えることなく、利害無しに語り合える時間を共有できる素晴らしい仲間として、それぞれが感じ取っているように見える。

康江が持ってきた写真アルバムを回し見しながら、一人ひとりの記憶を繋ぎ合わせると臨場感もある。笑いが溢れていた。

しばらくして洋平が到着した。私には、彼が、ほんの今までいた『マクベス』の世界から抜け出してきたように思えた。

「ブラーヴォゥ！」

ロング・ランのフィナーレを、盛大のうちに無事成し遂げた洋平を、みんな拍手で迎えた。

喉が焼け付くほどのウオッカで乾杯し、ボルシチやピロシキに舌鼓を打ちながら、ロシア民謡の哀調を帯びたトーンを飲み込むようにして奏でられる三器のバラライカの音色につつまれて、私はとても幸せだった。

幕が下りて、カーテンコールに引き寄せられるように幕が上がれば、それまでの芝居の世界とは全く別の顔になっている洋平に「幼稚な、未熟な」と、私は、まず断ったうえで、その前と後ろでは、どんな切り替えをしているのか、と聞いた。

彼はしばらく間をおいてから、「以前は、拍手と幕とを虚構と現実の境界として、バランスを崩さぬように努めてきた。何が一番大変かと言えば、その境目の上にいる自分自身である。自分を探すのにすべてのエネルギーを使い果たしてしまう。しかし、最近、カーテン・コールに現れる自分が、まだ劇の中から抜け出せずにいることがある。劇の続きを演じているように錯覚してしまうことがよくある。拍手が怖くなる時が度々ある……」と、言う。

おそらく握手をした時の手の冷たさも、そういった洋平の葛藤の末の冷たさであったのだろうか。

しかし、洋平は、この日の舞台は、自分でも今までにない最高のものだったとし、カーテン・コールにも久々に素直に応じることができた、と言う。

その時、私は、幕もなくカーテン・コールもなく、また一度しか見たことのない「能」の舞台劇とを重ね合わせていた。

心中の喜怒哀楽の感情、表情を顔付や指の先まで押し込んで、観客をマクベスの世界へと誘い、幻惑させるほどの劇だった。であるなら「能面」とは一体にどういう役割があるのだろうか。面自体が微笑んだり、涙を流したり、うれしがったりなどと、表情を変えたりはしない。動作もまるで動きを押し殺しているような感じさえした。しかし、檜舞台の演者は、内に沸々とした煮えたぎるエネルギーを充塡しながら溜め込みながら静かに爆発させて舞を舞っているような気がしたものだった。面と演者が一体となっている。

見ている私が硬直してしまった二つの対峙しているように思える劇も『マクベス』では大道具、小道具と場面が変わるたびに舞台は換えられていく。能舞台は正面の鏡板とそこに描かれている老松の力強い絵だけである。

その違いを　私は思いのまま洋平に話した。

いつもなら皆の笑い声にも、聞いているのかそうでないのか、わからないほどの表情を崩さない洋平ではあるが、芝居論になると独擅場となる。皆はそれを聞きたがっていた。

洋平は再度、ポーランドへ行ったという。第一の目的は、尊敬する映画監督、舞台演出家のW氏を訪ね、彼を育てた土壌を自分の目と足で確かめること。

洋平にとっては以前より非常に興味のある国であって、たまたま皆と行く機会に恵まれて、近いうちに再度、訪ねようと思っていたらしい。

洋平はさらに饒舌になっていった。

空港にW氏夫妻の出迎えを受けて、彼の住居で寝食も忘れて話し込んだ。その中で親日家の彼から「能を観たことがあるか？」と、聞かれた。W氏は能を「ブレーキの暴力芸」だと言う。以前日本を訪れたとき、友人が舞台へ連れて行ってくれて、ひどく感動したらしい。たった二日間の滞在の中で、寸暇を惜しんでみた能は、それだけでも日本に来た甲斐があったと思えるほどのものだった、と彼は言っていた。僕はまだ見たことはないが分かりそうな気がする。近々京都での公演があるから、是非一度拝見したいのでよろしく、と、私に言った。

さらに加えて、ブレヒト論になった。

ブレヒトと能の接点もあるという。『谷行《たにこう》』という、珍しい能だと聞いているが、その英訳をブレヒトが見て、それを戯曲仕立てにしたものが、『ヤー　ザーガー（イエス・マン）』という劇である、と。

ここまで聞き終えたところで、「洋平はロング・ランでかなり疲れているようだから、しばらくはオフの間に充填期間も含めて、また次の舞台の真新しい演出を期待している」と孝雄は言った。そして、久々に気の置けぬ仲間がそろったのだから、もう芝居の話は抜きにして……」と、制した。

私は、とにかく洋平に雄高を会わせたかった。

「京都公演のときは　早めに知らせて」

と、言ったら、

「決まり次第、一番に連絡するから、よろしく」

と、めったに見せたことのない、真っ新な素直そうな表情をした。

そんな会話の間にも、おおいに食べ、飲み、たわいのない話題にも花を咲かせ、バラライカの演奏を聴きながら、この時間ができるだけゆっくりと過ぎて欲しいと願っていた。

当時の話題作の映画『ドクトル・ジバゴ』の主題歌「ララのテーマ」をリクエストして、その一齣一齣を思い出しながら、ロシアンティー「チャイ」にストロベリージャムをいれ、柄の長い銀のスプーンでくるくるとかき回して、その色にジバゴの鳶色の瞳を重ねていた。テーブルのキャンドルの灯を浴び、チャイグラスは、いっそう琥珀色が冴えていた。


いつもなら午前二時までには閉店とするところを、その日は店長の計らいで、一番最後まで飲んで、食べ、話し、そこを出たのは午前三時を回っていた。また、再会を約束して、洋平、玲子、孝雄達と別れて、高円寺の康江の家へとタクシーを飛ばした。

疲れてはいたが、ピリピリと神経だけは高ぶっていた。結局、私たちは明け方までワインを飲みながら語り明かした。

昨日、今日と、今まで生きてきた何年か分のほどを見聞きし、体験したような感じだった。

しばらく休み、康江から地図を書いてもらった通りに、高円寺から地下鉄で東京駅まで出て下りの新幹線に乗った。

過ぎて行く景色に焦点を合わすことなく、自由意思に逆らうことなく、その時間を享受していた往きとは違い、ただ、うつらうつらと座席の揺れに身を置き、正気にかえったころには、すでに大津を過ぎていた。自分が今、何処にいて、何をしているのか思い起こすのにしばらく時間がかかった。

それまで様ざまな夢を見ていたようだった。が、つい今しがたまで見ていた夢でさえ思い出せずにいた。それはきっと、大きな人ごみの中の小さな自分であったり、マクベスの世界に迷い込んでしまっていたり、ソ連へ飛んで行ったりと、そんなものであったに違いない。

転回　Ⅳ

戻ってからの私は、雄高に会えたら真っ先にその冊子を渡そうと思い、何処へ出かけるにも『マクベス』のプログラムを持ち歩いた。

謡、仕舞の初めての稽古の日に、稽古場で私は偶然にも雄高に出会った。舞台では師匠の厳しい声が響いていた。薙刀を振りかざし、軽々と飛び上がり、飛び下がり、床板の響きに圧倒された私は、舞っている女性がマクベスの所作と変わりないように思えた。しかし、素顔は無表情のままである。雄高が説明する。彼の幼なじみの松木悠子で『船弁慶』という難曲であるという。稽古を終えた彼女は、上気した表情で師匠と共に舞台より下りて対座して一礼する。とても清しく見えた。同時に、これほどの舞が、いつになったらできるのだろうか、と、これからの稽古に憧れと不安が入り混じってしまっていた。

師匠が初顔合わせの私を雄高に紹介する前に、先の研能会で会ったことを彼は話し出した。師匠は、彼は日本を代表する面打師であり、芸においては非の打ち所がないほどに真髄を極めている、と絶賛した。加えて、分からないことや、疑問に思ったことがあったら、彼に聞くように、と言った。

初心者向けの入門の稽古を終えて、待合のテーブルを囲み、師匠夫妻と、雄高と悠子とでお茶をいただきながら雑談をしている中で、私は洋平の舞台公演のことを話さずにはいられなかった。そこから「能」への道筋を自分なりに見つけたかった。夫妻、悠子、もちろん雄高もその役者の名前は知っていた。非常に興味をもって『マクベス』のプログラムを見ていた。京都公演のときに能舞台を見てみたい、と、洋平が言ったことを伝えると、その時は是非いらっしゃい、と、夫妻も楽しみにしているようで嬉しかった。

半年たったころ、洋平から京都公演『リチャード三世』の案内が届いた。

その日、私は雄高と悠子の三人で劇場へ出向いた。開演にはまだまだ間があったが、入口ラウンジは大勢の人たちが思い思いにポスターを見たり、グループごとに雑談をしたり、まるで、どこかの社交場のようだった。二度目の観劇である。前回とは違い、コンサートやライブなどで通いなれたホールである。相当に余裕をもって開幕までの時間を三人で過ごすことができた。開演を知らせるアナウンスとブザーが心地よく響き、それまでの会場に溢れていたざわめきが一点に吸い込まれるように消えて行くのは、東京で体験した事と全く同じだった。

『マクベス』『リチャード三世』、いずれもシェイクスピアの代表作である。

良心の呵責に悩み、ついに厭世観に陥る主人公、マクベスが乗り移ったかのように思えた洋平の演技力もさるもの、そして、磁石のように悪を吸い寄せるリチャード。解説にあったように「人の心には善と悪の両極があり、ひとりの人間の中でも善と悪の振子が行ったり来たり。その悪の部分を純粋培養すると、リチャードになる。歯車のかみ合わせ次第では善とされる場合がある。つまり、権謀術数、舌先三寸と謀略で王位を奪う稀代の悪役」の舞台上の洋平。クライマックスシーンでも「常に観客の反応を感じながら演じている」とは、洋平の口癖だった。マクベスと劣らぬほどの拍手喝采だった。

この二つの初体験は、洋平主演以外の劇は見るに値せず、という、それほどのものを私に植え付けてしまった。

その日、洋平は劇団の仲間と打ち上げの後は皆とホテルに宿泊するという。次の日は、運よく師匠の能舞台で演能がある。その後、雄高の家に宿泊となる。師匠夫妻共に洋平と会えるのを心から待ち望んでいるようで嬉しかった。

十時に雄高の運転で悠子と共に下宿先へ迎えに来てくれて、そのままホテルへと向かった。洋平は団員と共にチェックアウトを済ませて、ロビーで雑談をしていた。私たち三人を見つけると、皆席を立ち、三々五々に別れた。洋平は一泊した後、彼らと合流する、とのことだった。

軽めの食事をとり、能舞台へと急いだ。開演にはまだまだ充分間がある。門前には師匠夫妻の出迎えを受けた。洋平の念願だった舞台の造りや、楽屋などを師匠夫人と、自分たちとは同じ世代ほどの内弟子の信男とがつきっきりで案内した。

「『松竹梅』というけれど、空っぽの舞台の背景には『鏡板《かがみいた》』と言いますが、老松、その直角の右側には地謡や後見が出入りし、不要になった演者を引かせる『切戸口《きりどぐち》』という、一本引きの小さな板戸があり、そこに描かれているのが若竹、梅には舞う人がなります。舞台はおよそ三十平方メートルで、床板は縦に張られていて、演者の足の運びを良くするために、予てより磨き上げられています。少し前までは、豆腐の搾りかすの『おから』で磨いていたものです。床下には瓶が埋けられていて、足拍子を踏むときの音響効果を上げるようにしています」

まず舞台の正面、側面からの説明に、洋平は、信男の指し示す指の先に視線を移しながら、一言も話さずに聞き入っていた。

「この老松の背景はどんな曲でも、その前で展開して、特別な装飾がなされることはありません。そこのところが演劇とは、まず違うところですね」

この内弟子の信男は演劇通でもあるようだった。洋平の舞台は、昨夜はもちろん見に行き、そして東京の公演でさえ、都合がつけば出かけていく、と言い、会った瞬間、上気した様子で洋平に握手を求めていた。様ざまな劇に接することで、改めて日本の文化の能楽の真髄も分かりだした、と言った。

「左には松が三本見えますが舞台に近い方から『一の松』『二の松』『三の松』と名付けられ、もともと野外にあった名残で、唯一、能舞台の装飾といえます。そこにある欄干みたいなものを『橋掛《はしがかり》』といい、その先には五色の『揚幕』があり、演者の出入りのとき、幕を上げ下げします。自分たちが今いる客席を『見所《けんじょ》』といいます」

開演の時刻には、なお早く、広い見所に薄めの座布団を等間隔で並べていく弟子たちが私たちの周りを忙しなく行き来しているのをよそ目に、洋平は安座して説明を聞いていた。次に舞台の裏へと入っていく。

楽屋ではその日の演目の『楊貴妃』の装束や頭（頭髪）などが準備されていた。続いて「鏡ノ間」へと入っていく。「橋掛」の先にあり、その境が「揚幕」で仕切られていて、大きな姿見と三面鏡が置かれている。楽屋で面を除くすべての装束を着け終わった演者が、姿、形を鏡に映して、それから面をいただいて掛けるという、最終のチェックをする場所となる。

面を掛ける前の演者は扮装をしている最中の役者である。が、面を掛けた途端、役者ではなくなり、曲の人物となる。その面の中に全身全霊をはめ込んでしまう、ということである、と信男は言った。

その日の面は、雄高の父親の作で「若女」の面が使われるらしい。

そこまでの舞台の説明を聞き終え、師匠夫人と一緒に応接間で昼食を取りながら『楊貴妃』に纏わる話を聞いた。粗筋や所作などの流れを聞きながら、入門して一年にも満たない私にとって、すべて理解できるようになるまでどれ程の歳月がかかるのだろう、と焦ってくる。しかし、洋平にとっては、「ブレーキの暴力芸」と「能」を称したW監督のその言葉の奥義の解明である。

見所の正面の一等席を取った。開演時刻には、まだ間があったが、一人ふたりと動きが速くなり座布団の席は見る間に埋まってしまった。洋平は私の用意した『楊貴妃』の謡本を、一言も話さず表情も変えず食い入るようにページをめくっている。

洋平の両隣には案内役の信男と雄高、雄高の隣に私、と並んだ。悠子は番組の終わりころの出番の為の準備にかかった。

開演となり、素謡や仕舞、舞囃子と次々に進んでいき、能『楊貴妃』となる。舞台上には、それまでと全く変わらない背景の老松がどっしりと構えている。

笛や小鼓、大鼓の音が遠くから聞こえる。「音合わせをしているところです」信男が説明する。

「幕口の中からのもので、『鏡の間』で垂らされている幕に向かって並んだ笛、小鼓、大鼓《おおかわ》の囃子方が音合わせをしているところです。能がもうすぐに始まる合図みたいなものです」

初めて見た『野宮』のときは、ただ、すべてが珍しく、面だけに集中していたらしく、こうして解説付きの贅沢な時間を私までも共有できていられることがとても嬉しかった。

幕の裾の両端には長い竹竿が結びつけてあって、演者の出入りのとき、鏡の間で二人の後見が一本ずつ持って幕を上げ下げするという。ただ、囃子方と後見は、幕を上げずに端を絞って出入りする。これを「片幕」といい、シテやワキ（主演や助演）は

「本幕」といって完全に幕を上げての出入りとなるそうである。

やがて音合わせの音色が消えると、片幕より囃子組の笛、小鼓、大鼓の順で舞台のそれぞれの場に着座すると、後見が小宮という作物を正面前に置く。周りには布が掛けてあり、中は見えない。その中にシテ（主演）役の楊貴妃が入っている。後見が退場すると、玄宗皇帝の使者であるワキ（助演）が登場する。

殺された最愛の彼女の魂魄を尋ねる、という使命を受け、天上から黄泉まで、さらに蓬莱宮まで来ると、その大真殿——小宮の作物——にいることが分かり尋ねて名乗る。すると覆っていた布が外され、この世の者とは思われぬほどの美しい楊貴妃と対面する。涙をたたえているように見える面は「梨の花の一枝が雨に濡れた風情」——『梨花一枝《りかいっし》雨を帯びたるよそほいの。太液の。芙蓉の紅未央《びよお》の柳の緑もこれにはいかで勝るべき……』と世にも美しい楊貴妃を称えている。

実際に面が悲しい顔や嬉しい顔をしたり、涙を流すことはない。ただの造り物ではあるが、そのように見える、思えるのはやはり、魂を、心を、注ぎ込んだ面打師とすべて息を吹き込んだ演者との合作の所為であるのだろう。

洋平は謡本と舞台とを交互に見ている。ワキの方士とシテの楊貴妃の動きが全く無い掛け合いは、謡本を繰り返し繰り返し読み砕いていたとはいえ、能に関しては素人であり、しかも、それまでに一度しか観る機会のなかった私にさえ、じりじりと身に迫ってくるものがあった。

方士が、楊貴妃に請う。

「あなたと玄宗皇帝都が愛し愛された証を立てたい。ついては、その証となるものをいただきたい」

楊貴妃は答えて、彼より頂いたという髪に挿した玉の簪を渡す。すると方士曰く、

「それはどこにでもあるものでしょう？　それよりも、あなたと皇帝の君とだけの契の言の葉はないのですか？　それを　証としたいのです」

ほんの少しの動きの中にも哀れさを感じたのは私だけではないはず。

佳境に入る。

天に在らば　願わくは　比翼の鳥とならん
地に在らば　願わくは　連理の枝とならん

と、初秋七日の夜の二星に誓った言葉を伝える。方士はその言葉を胸にしまい込む。

洋平は身動き一つせず見入っている。
かつて彼から聞いていた「比翼連理」が演劇の基本だと。
彼なりに感じるところがあったはずだ。

小宮に見立てた太真殿からシテが出てくる。そして囃子に乗せて「序の舞」という優雅な舞を舞い終えると、僅かな動きがあり、楊貴妃は方士に簪を渡し、彼は満足して都の皇帝のもとに戻っていく。その後、楊貴妃は太真殿の中に再び入っていく。演者、囃子方、地謡方がすべて舞台からひきあげた後は、背景の鏡板の老松が、開幕前と同じように、舞台全体をどっしりと落ち着いて見せている。

スタンディング・オベーションがあるわけでもない。アンコールがあるわけでもない。「和」とはこういうものなのだろうか。
かつて「能はブレーキの暴力芸」だとポーランドの演出家が言った、と洋平から聞いたことがある。確かにそうだ。おそらく洋平も初めて観た能をそう感じたに違いない。

続いて、休む間もなく仕舞が始まる。

歌舞伎や日本舞踊とは違い、能、仕舞においては、演者はこれ以上削ぎ取ってしまうことができないまでに省略されている。例えば、洋平の『マクベス』との違い。表情、動きをすべて切り捨ててしまっている。それは舞台上のすべての人、物にいえる。

キリ（番組の最後）を務めるのは悠子である。初めての稽古の日に偶然、彼女の舞台稽古に居合わせて釘付けになった仕舞だった。『船弁慶』、薙刀を振りかざし軽々と宙に舞ってはぶれることなく着して、あっという間に終わってしまった。番組がすべて終わり、最後に地謡一同で「千秋楽は民を撫で万歳楽には命を延ぶ……」と「付祝言」に高砂の小謡を謡い、その日の演目が終了した。

見所の客はてんでに席を立ち、帰っていく。洋平は安座したまま両隣の信男、雄高と話し込んでいる。私は後片付けを手伝いながら見所の座布団を集めて回った。

一段落したところで、出演者全員の会食となる。師匠夫妻から誘いを受け、私と洋平も加わることになった。私と悠子は会の準備を手伝い、師匠夫妻と洋平、雄高、信男は応接間で話をしていた。

準備が完了して、宴会に入る。まず師匠が『楊貴妃』がいつも通り素晴らしいものに仕上がった。それぞれ一人ひとりの芸は最高のものだった、これからも精進するように、と挨拶をして、洋平を紹介した。その後、信男が補足する。演劇を、しかも洋平の劇を見るたびに能に対する思いも深くなってきた、と思う儘を話した。加えて、自分の隣に洋平がいる、ということがまだ信じられない、と少し上気した顔で言った。声が上ずっていてかなり興奮しているのがわかった。その後、洋平の挨拶となった。

初めて観た能舞台、そしてそれぞれの演技、謡、舞。友人の映画監督の言った「ブレーキの暴力芸」の真髄、等々、それらを自分の劇に生かすことができたら、と思う。皆の手厚い歓迎を受けて、素晴らしい時間を過ごしているという体験は自分のこれからに必ずプラスになる、その為にも時間が許す限り東京では能舞台を見て回りたいし、そして、また京都でも、と、話した。

私は悠子と細々とした手伝いを師匠夫人の指図でしながら、その場に居られることがとても幸せだった。

和やかで和気藹々とした時間はゆっくりと過ぎ、お開きとなった。師匠夫妻と共に皆が門まで見送ってくれた。再会を願いながら。

その後、雄高の運転でアパートまで送ってもらい、洋平は雄高の家へと戻っていった。

後日、雄高から封書が届いた。

信男君に連絡したら、飛んでやってきた。

三人で夜っぴて飲んで話して有意義な時を過ごせた。

こんな機会を与えてくれた君に感謝する。

彼の劇に対する哲学、というか、夢というか僕のこれからの面の打ち方にもふあふあとしたものがすべて払拭され、きちっとした方向性が見えてきたような気がする。

信男君はまだ興奮が冷めぬままのようだったが彼の芸にもこれから随分と影響していくだろう。もちろんプラスの方向に。

劇の招待券を届けるという洋平君に今まで見たことのないような、子供がクリスマスのプレゼントを枕元に見つけたときのような喜びようだった。

それにしても洋平君はものすごくアルコールに強い。

聞けば、愛飲しているのは　メイド・インロシアのポピュラーなウオッカだそうだ。

いずれにしてもかさねてありがとう。

また　ふらっと家にもあそびにきてください。

母も会いたがっているから。


しばらくして洋平からも。

雄高君、信男君と話は尽きなかった。

二人に会うことがなかったら、未だに悶々とした劇を続けていることだろう。

いま、時を惜しんで読むものは芝居の台本ではなくて謡の本だ。

あの時の『楊貴妃』の舞台がそのままに思い出されてくる。

梨花一枝　云々……

の上歌を何度も繰り返し読んでいる。

今　洩れ初むる　涙かな……

「しほり」という形付けだそうだね。

観客席より見える面の角度で、あんなにも、どうしようにもない悲しみ、苦しみの中に涙まで流しているように見えるのは、一体何なんだろう。

実際に男性のごつい手が、女面、女装束の中に飛び出しているのも、又、面と顔との境の頬のダブリも、思えばグロテスクなものだけれども、それらが見所の者たちを舞台の奥へと引きずり込んでしまうものは、一体、どんな魔性が「能」に潜んでいるのだろう、と考えてしまう。

演者の素顔は到底思い浮かばない。

面を仮面と思えない。

そのものが舞っている。

今まで時代の波を超え延々と伝承されてきて尚、こんなに感銘を与える「能」……

無駄を徹底して削ぎ落し、しかし、それでも、ものすごく心を動かされて感銘を植え付ける　ノウ・プレイを見る機会をまだまだ増やしていこうと思う。

団員の皆にも勧めている。

これまでやってきた作品に、遣らせられてきたことを、無意味だとは思わないが、能とまではいかないけれど、最小の動きで最大の効果、充足を、観るものに与えることはできないものか
今、研究中……

しばらく時間が掛かるとしても、演出においては徐々に納得がいくものに仕上がっていくことと思う。

乞う　ご期待！

ブレーキの暴力芸――分かりかけてきたような気がする。

友人のW監督にもそのように便りをした。

雄高君、信男君に随分世話になった。

また京都で会おう。

それからどのような行き来が三人の間であったかは、知らない。稽古の日に、会の日に二人に会ったこともこれまで何度かあったが、洋平の話は一切話題に上らなかった。

第二章

デラシネ
ハイマート　ローゼ
古里喪失者

いずれも寂しい響きのする言葉である。が、私には生涯拭い去れないものとして染みついている。

最初にそれが入り込んできたのは、中学生になった一等初めの頃の美術の教科書であったような気がする。

キリコの作品だと思い込んでしまっている絵画である。夕暮れ時と思われる、人の気配のないビルの谷間を、一人の女の子が、落日に長い影を引き（記憶の中にぽっかりと空いた空白に埋め込まれてしまった影であるかもしれないが）スカートを翻して金輪回しをしながら駆けていく絵画だった。まるでずっと走り続けていなくてはならない女の子、或いは、そのままずっと下り坂を加速をつけながら、ついにはそのままどこかへと舞い上がってしまう、そんな続きを浮かばせた、さほど大きくはない絵の写しだった。

「クニはどこ?」

初めて会う人との会話でこの言葉が、まず行き来する。そのことだけがコミュニケーション・ドラマのプロローグでしかないみたいに。

しかし、一番苦手な、できることなら避けて通りたい問答だった。聞かれた途端、口ごもってしまう。何処を自分の「クニ」だと言えばいいのか、「出身地」とか「郷」だとためらいもなく九州だの京都、秋田、生粋のドサンコなどと言い合う全国の縮図を見るような大学生の集まりの中で、外れてしまっている疎外感を常に持ち合わせていたように思う。

その度に「キリコの作」と信じ込んでしまっている絵の中の女の子が亡霊のように浮かび上がってきた。それをどのように処理していいかわからず黙り込んでしまう。「クニ」を聞いたところでどうなるものでもないが、たまたま同じ「クニの出」とわかれば、それはもう、旧知のお隣さんどうしが、久々に出会ったようなお祭り騒ぎとなった。周りのそうでない人たちも一緒になって騒ぐこともあった。そうであればあったで、なおさら、自ら孤立させてしまっていたような気がする。

だからとて友人がいなかった、ということはない。むしろ、周りには友人の友人、そのまた友人たちが絶えずいた。「クニ」を除きさえしたら、どんな輪の中へも入り込んでいけたし、また様ざまな人たちも加わってきた。

では、何故？

物心がついた頃から中学生の頃まで続いただろうか。「帰省」として、毎年二度ほど九州の南の端の海辺の町から琵琶湖のほとりの父母の「サト」まで両親に連れられ「戻って」いた。

学校の事務室に「帰省」の為の学割証明書をもらいに行く。係の人に必ず聞かれる。何故「旅行」ではなく「帰省」なのか、と。説明もできぬまま「家があるから」と答えていた。同級生や近所の友達たちは「旅行？　いいねー」と必ず言う。

確かに父代々の家があった。近くに進出してきた工場の長に請われてほんのしばらくの間、その家族に貸していたときもあったらしいが、「帰った」ときに落ち着ける場所にしたいから、という理由で、しばらくして出て行ってもらったのを除いては、三、四百年ほど、いや、それ以上経っているとか聞いているが、戦時中の疎開以来、誰一人として住んだことはない。

私はその家に「帰る」ことができる日を何よりも待ち望んでいた。

町内のこと、菩提寺、境内にある代々の墓とのつながり、家の管理、庭の整備など、細々とした周りの世話をお願いしている近所の篠原さんという老夫婦が、私たちが着く前に、表座敷の畳を敷き詰めていて迎えてくれた。庭にも、門からの敷石や砂利にも一片の落ち葉も無く掃き清められて打ち水がしてあった。まるで暖かく、息吹さえ感じられ、ひっそりと、しかも艶やかに主を持ち受けているような気さえした。

まず近くの寺の住持に挨拶に行き、代々の墓に参り、ご近所に挨拶回りをした後、庭に面した縁側に腰かけ、篠原さん夫妻と父と母が話している間中、私は弟と、離れに続く廊下を走って遊んでいた。屋根の藁、瓦の葺き替え、庭の樹木の剪定、町内の会費、冠婚葬祭などの報告を受けて、用意されたお茶とお菓子をいただき、父の故郷への帰省は終わる。それから、母の里へ向かう。賑やかな伯父一家は、いつもそうであったが、温かく迎えてくれた。近所の親戚も集まって楽しい時間を過ごせた。

それから駅まで送ってもらい、また、次もそろって「帰る」ことを約束して、京都へと向かう。

それだけのことだった。自分の家、などという思いは全く無かったように思える。

京都ではいつもそうであったが、馴染みの静かな宿に落ち着き、親戚を訪ね子供たちどうしでお話をして、はしゃぎまわり、私と弟にとっては楽しい時間だった。

なぜ、知人縁故もない南の海辺の町に住み着くようになったのか、父はそのことを話してくれたことがある。体の弱かった祖父にとって遠く南の海辺の町は、寒く冷たく雪の積もる閉ざされた地に比べると、はるかに「常夏の楽園」であったに違いなかった。

静かな夜には浜辺にひたひた寄せる潮騒に安らぎ、暴風雨の夜には怒濤の如く唸る波声に眠れずにいた日々、そして母が度々口ずさむ子守歌代わりの『琵琶湖周航の歌』――その海辺の町は私にとっても楽園だった。

家の周りには子供たちが多かった。学校から帰ると、路地に一人、二人と誰が音頭を取るというのでもなく、大勢集まって缶蹴りをしたり縄跳びをして遊び、浜まで駆けて行っては貝拾いや宝物探しをして遊び、やがて灯点しころになると皆、背を向け、さーっと潮が引くようにそれぞれの家に戻っていく。それぞれの家族の待つ、それぞれの家に。友達の帰っていく後ろ姿を追いながら、いつも最後まで残って、それから弟をつれて戻るのが当たり前のこととなっていた。

そのことは、つまり、自分以外の友達は「帰る」ところに「帰る場所」を一人ひとりが持っているから。

正真正銘、自分の家であるのに、帰り着くと父と母が待っていてくれるのに、何故か、うまく根を下ろせない場所だと常に思えていた。

中学までその地で暮らし、隣の県の高校に進学した。母校の中学からは、ただ一人の入学だった。誰一人として知る人は無く、しかし、周りの人懐っこい同級生や部活の先輩たちは、すぐにかけがえのない友人たちになった。晴れた日に校舎の屋上から見渡せる遠目の風景は、三六〇度薄青い山々に囲まれ、その中でもシンメトリカルな霧島連山の高千穂、漢国岳《からくにだけ》のなだらかなスロープの峰々の青い山肌が眩いほどに映えていた。

その町に住むようになってしばらくの間は、夜中にふと目が覚めたときに、何ひとつ周りの混じりけがなく、動き回るものもない静寂の中で、柱時計の時を刻む音の合間をぬって、小さい頃より耳慣れていた、さわさわという潮騒が聞こえてくるような錯覚もしばしばした。その度に日常のこと、意識、感性、肉体、そのようなものすべてを、そのさわさわという音に託し、委ね、それからまた、静かな眠りにつくことができた。

しかし、中学まで続いていた「帰省」は補習授業やクラブ活動で一度も実現しないまま、大学受験を迎えた。友人たちはほとんどが九州圏内、関東、東京へと希望した。九州の端からは関西よりも関東のほうがより近くに思えるのだろう。しかし、私には京都へ行くことしか選択の余地はなかった。何故か物心付いた頃からの、体内のその方向だけに向いているベクトルと共に年月を経てきたような気がしていて、これ以上、周りで自分に拘る場所を増やすことに非常なためらいや恐怖心があったに違いなかった。

その点、京都は大学だって相当数あり、何よりも縁者たちのいることが私にとっては落ち着ける場所であり、また隣には父母の育った滋賀の家があることで、それまでのふらふらした迷い子のような感覚を払拭できる絶対的な場所だと信じていたように思える。

父母は喜んで後押ししてくれた。嬉しかった。受験も終わり、合格発表があり、入学式を迎えた。高校に入学した時と同じように母校からは私一人だけの入学生だった。二年間は大学に近い学生寮で過ごし、三年目からは叔母が学校から少し離れた閑静な住宅街の学生向けの下宿の立ち並ぶ一室を見つけてくれて引っ越しをした。全国から集められた京都中の大学の縮図を見るような学生たちの集まっている、二階建ての下宿だった。学内、学外の先輩や後輩との付き合いは、親元を離れている身にとっては何かにつけ、それまでとは違った形の友人の輪を広げていける場となっていった。

年に一度の学園祭には、一人ひとりがそれぞれの友人たちを引き連れ、あちこちの大学を訪ねた。模擬店や展示物を見て歩き、舞台ではコンサート、コーラスなどを見聞きして、それぞれの大学のカラーを楽しんだ。入部した茶道部には、市内の大学茶道部の春、秋の茶会発表の場として招待状が届けられ、会場となるあちこちの名刹を訪ね、由緒ある茶室で一服をいただくことができるのも至福のひと時だった。時には一日に複数の会場を訪ねることもあった。

専攻はイギリス文学。英語が好き、ということに尽きた。選択技はそれしかなかった。

三回生になったころ、週刊誌で「海外交流派遣団員募集」の記事を見つけたと友人が教えてくれた。世界各国を選択でき、イギリスはじめ西側はまた行く機会もある、ということで、ソ連、東欧のハンガリーやチェコなどとは違う、ポーランド、その二国にきめた。加えて、ドイツ、スイス、フランスの三ヵ国の観光まで組み入れられている。またとないルートだった。もちろん東京での一般試験、論文、面接、を経て合格しなくてはいけない。

転回　I

鳰の海――におのうみ――琵琶湖の旧称と高校の古文の教師が教えてくれた。その響きが忘れられない。

内定の通知をもらって、にわかに慌ただしくなっていった。まず、三泊四日の研修合宿。そこで初めて十五人の団員と団長、監督との初対面となった。しばらくして合格の通知が届き、結団式のため上京しなくてはならない。渡航手続きのための戸籍謄本も必要となる。父に頼めば、家の諸々をお願いしている篠原さんに連絡が行き、役場でそろえてすぐにでも送ってもらえるのだが、思い立って、六、七年「帰った」ことのない滋賀の家を訪ねることにした。しかも初めての一人だけの「帰省」となる。

京都駅から上りの快速電車に乗った。大津を過ぎたあたりからの琵琶湖沿いには工場の大きな煙突がずいぶん増えていた。父母と弟で「帰省」していた頃には、工場の建物の合間をぬって、岸辺に寄せるレースのような白いさざ波を列車の窓越しに見ることもできた。

「あ、うみ……」と物心のついた頃の私は、父の膝に立ち、「帰省」の途中の電車の窓に望める琵琶湖を見て言ったらしく、その頃のことを父は思い出しては、私に度々話した。


そんなこんなが想い出されてくる。


が、工場の巨大な建造物の隙間には夏色をした湖面が、ほんのわずかに見え隠れするだけだった。

それぞれの煙突からは灰色のもこもことした煙塊が輪郭を描き、湖面と同じ夏色をした大空へと吐き出され、同じ方向へ流れていた。

工場の並びを過ぎ行くと、近江平野の真緑の田畑がものすごいスピードで過ぎ去って行く。


さまざまな思いが交錯してくる。

電車が未来に向かって突き進んでいるのか、或いは、過去に向かって巻き戻っているのか、或いは、周りの風景が動き去っているのか、今からのこと、これまでのこと、そんなこんなを思いながら、近江八幡駅に降り立った瞬間、中学生のころまで持ち続けていた記憶が粉々に吹き飛んでしまった。

しばらく動けずに立ち竦んでしまっている私の前や後ろを、忙しなく行き交っている人たちがぶつかりそうになり、慌てて避けていく様を眺めながら改札口へ向かった。跡形もなく変わってしまった駅のホール、そして正面入口から目に飛び込んできたのは、カラフルな宣伝用看板やショッピングセンターのアーケード街であり、大きなロータリーと、それを包み込むようにしてそびえ立っているスーパーの巨大な建物であって、往来している車も、その為にいっそう多く思えた。

少なくとも六、七年ほど前までは、ここは、駅前の狭い広場であり、バスターミナルの古い木のベンチの辺りにも、バス待ちの人は疎らであって、今、目の前にしている客待ちのタクシーの行列など、思い描くこともできないことだった。向かい側には、連なっている民家の軒先が、ごく自然に目線上にあったはずだ。

父母は、それから少なくとも年に二度はここに降り立っているはずである。だが、この変わり具合の話は一言も聞かされてはいない。父母にとっては、あまりにも身近にありすぎているのだろうか。

一人で来たのは初めてである。とりあえず駅前の交番を訪ねた。駐在員は大きな地図を持ち出してきて、独特な、それでも聞きなれている懐かしい方言で話し出した。

バスは一日に二、三本しか通らないからタクシーで行った方がいい。

最近、ここは工場勤めの労務者が多く、女性一人で泊まれるようなホテルはない。

彦根まで出たほうがいい。

とのことだった。

叔母には近江八幡か安土で一泊したい、と言って出てきたものの、その日は又、京都へ戻ることにした。親切な駐在員はタクシー乗り場までついてきて、ドライバーに行き先を説明した。タクシーに乗り込み、

「S町まで……」と再度、私は告げた。

「へぇ……」と言ったタクシーの運転手は、幾何学的に整えられて突っ立っている恐竜の首にも似た水銀灯が、等間隔で立ち並んでいるグリーンベルトの街並みを通り抜けて、やがて、かすかな記憶の底に貼りついている小さな橋を越えた。その辺りから、緑色に染まった平野が昔のままに映し出されてくる。

それまで体全体に張り詰められていたものが急に何処からともなく、まわりの空気と共に抜け落ちてしまったのが分かる。

畑中にこんもりとした、見慣れた鎮守の森を過ぎた辺りから、夏の光を浴びている田畑は確実に時間を巻き戻してくれていた。

「すぐ近くの右手側にお寺があります。そこを右に曲がってください」

「へぇ……」

相も変わらずタクシーの運転手は一言しか言わない。

「ずいぶん、道、狭いですから　気ぃ付けて」

「へぇ……」


そこはもう、見慣れた、通い慣れた道だった。弟と膝まで浸かり、ドジョウ掴みに興じた用水路の水が、緑の分厚い藻をゆらしながら流れていた。

「どなたはんか、ご親戚のもんでも　いはるんですか……?」

初めて言葉らしい言葉を掛けてきた運転手に、私は、

「ええ……」とだけ答えた。

「気いつけて　おもどりやっしゃ……」

「ありがとうございます。あとは取っておいてください」

と、三千円渡したら、礼を言い、去っていった。

駅前とは違い、ここは十年一日の如し。物心付いたころから、一体に何が変わったのだろうか。

小さい路地をいくつか曲がり、菩提寺へと向かった。寺の門をくぐると右手に大小の墓が並んでいる。代々の墓らしいが、詳しくは知らない。その中の僅かに新しい一つが祖母の墓である。

用意してきた花とりんご二個を供え、香を焚きお参りを済ませ、寺の住持に挨拶をして手土産を渡し、しばらく話をして、家へ向かった。

白壁づたいに一回りして、錠のかかった門の前に立ち、壁の小さな窓から手を入れて簾を押しやり、中を覗いてみた。庭の植込みの木々も石灯籠も、以前のそのままである。座敷に面した縁側には雨戸が閉められていたが、しかし、空き家と呼ぶには全く似合わない家だった。何故か、家全体が息をしているような暖かい感じを昔のままに持てたのが、とても嬉しかった。

閉ざされた門の脇に、一片の草がはえていた。

……昔のまま……

枯れることもなく、丈もそのまま、記憶の中に居座り続けている。不思議だった。

最高に蒸し暑い平日のせいか、辺りには古い人家が並んでいるが、狭い路地には人っ子一人見当たらない。

……次　来るのはいつだろう……

また次、来ることを誓い、とりあえず幹線道路に出て、道を尋ねながら街なかを通り抜けた。平野の真ん中を一直線に二分している国道は、人家が疎らに、ぽつんぽつんと立ち並んでいるだけである。タクシーの通る気配は全く無い。どれ程歩いただろうか。ほんの少し民家が増え出して、駅らしいものを見つけて、教えられたとおりの道なりに歩いていき、冷房の滅法効いた役所にたどり着いたときは、べとついていた体内の汗は一瞬にして剝がれてしまった。

初めて訪れた場所である。パスポート用の謄本の申し込みの記入を終え窓口に出す。待ち時間に壁に貼ってあるポスターや置いてあるチラシをそれとなく眺めていた。年の頃、五十歳くらいの女性から名前を呼ばれ「はい」と返事をして呼び寄せられるようにカウンターへ行った。手書きの年代の感じられる重たそうな冊子だった。言われるままに代金を払った。その女性は、再度名前を読み上げ私に念を押した。にこりともしない。

ざっと目を通す。祖父母、父母、私、弟の名前が確かにある。これまでにも、めったに訪れたこともない土地で、初めてたどり着いたこの場所でしか手に入れることのできない自分自身の家系図を実際に手にして、目の前で見ていることが何故か、不思議だった。

駅へと急いだ。降り立った駅とは違い、快速の止まらないこの駅は、全く昔と変わっていない。下りの電車の時刻を確かめ、到着まではしばらく間がある。駅前辺りを歩いてみることにした。

古い城下町である。そこは昔のまま。

軒を連ねている土産物屋や食堂、喫茶店の並びは記憶から外れているが、一軒一軒のぞきながら歩道を歩いていく。夏至の日も間近とはいえ、夕暮れに差し掛かったころの、この小さい町駅舎から吐き出されてくる人たちは多かった。多分、米原、彦根辺りからの仕事帰りの人たちだろう。

各駅停車の下り電車に乗り込み京都へと向かう。車窓から見える景色はやがて薄もやがかかり、程なく、暗闇にポツポツと人家の灯火が目に入ると同時に消え去っていくのを追いながら、あの家にも、この家にも愛があり、生業があるのを思い描いていた。窓ガラスに映るのは車内の明るさとその中の自分の顔。おそらく、朝の下りの電車は近江八幡や大津方面の職場に出かける人たちで込み合っているに違いない、と車内にそれとはなしに目を移すと、ぽつぽつと座席に座っている乗客は皆、同じように無表情だった。

……いったい　私は　何処へ帰って行こうとしているのだろう……

これからのこと、そしてひと月後には、見知らぬ外国の地に降り立っている自分自身を乗客の一人ひとりに重ねていた。

少しずつ人家の灯火が増えていき、並行している国道には車のライトが連なっている。ほどなく京都に着く。

次の日、父に電話をした。初めて一人で帰り、駅前の見違えるほどの変貌に驚いたこと、駅前の交番で道を尋ねたら、丁寧に教えてくれて、タクシー乗り場までついてきて、運転手に道順を教えてくれた親切なお巡りさんのこと、お寺の住持に挨拶して墓参りをして、家の周りは全く変わってなくて敷石に乗っかって壁の窓から覗いたら昔のままだったこと、近所の人に会ったところで誰だかわからないけれど、誰ひとり会わなくて、それから、道を尋ね歩いて役所まで行き謄本をもらったこと、などを話した。父は「つぎ　いくときは、ひとりでも大丈夫だね」と、話のついでに言った。

それと門の脇の不思議な草のことを話した。

「同じ場所に、そのままの姿でありたい。そして目に留めてほしい」と、必死になって願っているような気がしたことを話した。

「心象かもしれないいな。

壁に生ふる　壁生草《いつまでぐさ》の　いつまでも
枯れず訪ふべき　篠原の里

という、いくつかの謡曲に出てくる歌がある。そんな感じかな」

「心象」と言われれば、不思議だっただけに、そうだったかもしれない、と思う気持ちと、絶対にそうではない、実際にこの目で見て、確かめて、そう思えた、と反発する気持ちもあったが、私の内ではどちらとも当たっているような気がした。

「枯れず　訪ふべき……」また、帰らなくては。きっと誰か尋ねてくるのを待ち侘びているのかもしれない、と電話を切った後で思えた。

転回　Ⅱ

「マイル・ストーン」の店内にも時は一人ひとりに平等に確実に過ぎ去って行く。賑やかな話し声とタバコの煙とで気が付けばフロアの席は職場帰りの人たちでほとんど埋まってしまっていた。かれこれ六時間になる。

目の前の洋平は腕をルースに組み、少しうつむいたまま目を閉じている。『マクベス』或いは『リチャード三世』の王冠を戴き、権威の象徴のような、重たくて床に着くほどのマントを翻し舞台狭しと我が物にしていた洋平の姿を想い出していた。

切れ切れの声で「しばらく東京から離れたい」と言った。

今、何を言ったところで、何を聞いたところで、返事は帰ってこないことは分かっている。ただ、普通ではない。少なくとも、この日以前の私の知っている限りの洋平とは明らかに違っていることだけは分かる。

それがいいのかも……と咄嗟に思ったが口に出しては言えなかった。洋平の「問わず語り」に徹しようと思った。

玲子とは連絡が取れなくなっている、と言う。人づてにフランスへ留学していることを知ったらしい。電話しても留守だという。友人に、アパートの近くに古本屋があればいい、と言えば、次の日にはちゃんと店舗ができていて、店主が自分のことをすべて知り尽くしていた。さらに劇団の事務所では、皆寄ってたかって自分の前の日のアパートでの動きを語っている。新幹線でここまで来たけれど、乗車した時から後ろを付けてくる人がいて、途中、名古屋で降りて次の電車に乗ったが、やはり後をつけられていた……

一般教養の名のみばかりの心理学の講座しか受けていなかった私には、洋平の話す一言ひと言が虚構のもので作り話みたいで、舞台で台本の続きを演じている、くらいにしか、初めは思えなかった。が、顔を曇らせ、体中から絞り出して飲み込むようにして、懸命に言葉を吐くようにして訴えているように感じ取ったのは、中学生になりたてのころ、母が、「母さん、いなくなったら　あなた　どうするの……」と、言ったときの、あの感じと似ていた。

一瞬のうちか、長すぎたのか、六時間という時の流れは、洋平にとっても私にとってもかなり疲れてしまったようだ。

……話したい事、何だったんだろう……

心の中のもやもやを吐き出してしまえば少しは楽になるらしい。しかし、目の前の洋平は、ぽつぽつと呟くごとに凋んでいくようなそんな感じがした。

母親は実家の長良川の河岸の近くに健在らしい。父親はソ連より送還されて岐阜に住むようになり、しばらくして死亡。なぜ死んだのか知らされていない。ただ残された文書と多くのロシア文学の分厚い原書だけが自分の宝物、だと言った。

「今まで、一生懸命、他の人の人生の五倍も六倍も生きてきたように思える。一幕開くごとに一つの人生を生き、幕が下りるたびに終えてきた。もう、自分には何も残されていない。生ききったような気がする。すべてが終わったような気がする……なんにも考えることなく、しばらくは長良川河畔を気の向くまま歩き疲れるほど歩いてみたい……」

今の洋平にはそれが一番だと思った。

「自分の魂を、体を自由に解き放つ古里があるってことは、とてもいいこと。うらやましい……」

「古里」を持つ洋平が、帰る場所を持っていることが素直に単純にうらやましくもあったが、今は一刻も早く帰り着く方がいい。

「今だったら上りの電車に間に合うと思うからここを出ましょう」

私は席を立った。いぶかしげな顔付きで私たち二人を見て見ぬふりをしているレジ前のウエイターに何杯かのコーヒーとレモンティーの代金を払って階段を駆け下りた。洋平は乗せられたように付いてくる。夜の市街地一番の目抜き通りは多くの人や車が我が物顔に行き交っている。その合間を擦り抜けて、タクシーを止める。洋平をまず乗せて、私が乗った。

駅の中は明るく大勢の人たちが速足で縦横に入り乱れている。時刻表を確かめ、都合よく次の電車に間に合うようで急いで切符を買った。洋平は一言も話さない。ただ、されるまま後ろを付いてくる。入場券を買って改札口を通り越しホームに立った。間もなく電車が入ってくる。

「元気になったら、また、京都で会いましょう。ほんとに、体、休めてね。何も考えずに河畔、歩くなんて、いいなぁ。帰るところがあるっていいね」

私の話すことに、洋平は、ただ、小さく頷くだけだった。

電車のドアが開いて、ひとしきり下車する人たちを見送った後、発車のベルがなる中を長い乗車待ちの客の列の中の洋平は、背中を押されるようにして乗り込んだ。ドアが閉まり、両手をドアに着けて何か言ったように口を動かしたが、何を言おうとしていたのかわからない。涙を流していた。

電車が見えなくなるまでホームで見送り、駅前でバスに乗り、四条河原町で降りた。街はつい先ほどと変わらずに明るく賑わっていた。電車に乗り、昼間通った線路上を引き返している。アパートにたどり着いたときは深夜零時を回っていた。

その日の出来事を時を追いながら思い返そうとしたが十二、三時間の時の流れは先に飛び、後に返ったりして、なだらかなスロープを描く放物線上には繋ぎ合わすことができなかった。遠い遠い昔の出来事のような気もする。夢を見ていたような気もする。

疲れ果ててはいたが気持ちだけは高ぶっていた。新年度には後三日間の休みがある。一度は気の向いたときに職場へ挨拶に行くだけでいい。そう念じれば、その夜は眠りたいときに眠ればいい、と自由意思に逆らうことなく様ざまなことを、例えば、今までの去にし姿など、振り返ってもいいかもしれない、少しは走り続けてきたことを立ち止まって振り返るのもいいかもしれない……、そう思うと、すべてのものが剝がれ、深い呼吸と共に今まで感じたことの無い穏やかな気持ちになれた。

洋平と会って現実とも非現実ともつかぬような時間を共に過ごしたことは、いずれ時間の経過とともに、はっきりと思い返すことができるようになる、そのときまで大切に私の内に留めておこうと思った。

ひと月が経ち、ふた月が過ぎて、新しい職場での仕事も、同僚たちと共に順調な日々が流れていった。

梅雨の真っ只なかのことだった。洋平から手紙が届いた。

長良川のほとりを夢遊病者のように歩いているけれども、これが自分の生まれ育った場所だと思えば、この土地に根を生やし、この川の恵みを受けて、徐々に蘇生できていることを身にしみて感じている。

気分のいい時とそうでない時の自分とに客観的に対処できるようになったようだ。気分のいい時はドストエフスキーを読み、母の作るチャイを飲みながら、皆で過ごしたソ連でのことを想い出している。

また皆と会いたいがいつのことになるやら。今はただ、できるだけ気分のいい時間を長くしていこうと思う。

京都では色々と世話になった。

ただ、君だけは分かってくれると思っていた。

東京で皆に会ったらよろしく伝えてほしい。


わずかな時間に、わずかな会話の中にそれ以前の洋平との変わりようは分かったけれども、この文面だけからは、自分を充分に分かってはもらえなかった、という意味に解釈すべきかどうか、分からなかった。

聞きたいことはまだまだあった。例えば、雄高と信男のこと。そして確固たる名声・地位を見せつけていた劇団のこと、玲子への思い、など。

しかし、自身で帰るべくして帰ることのできた場所で、生き急ぎ過ぎた時間をずっとずっと引き延ばして日々を過ごせるようになれば、きっと以前の洋平に戻ることができると信じたかった。

返事は出さなかった。

孝雄には洋平のことを自分なりの解釈で知らせたつもりである。岐阜の住所も知らせた。ただ、玲子のことが少しばかり気になるけれど、と加えた。元気になってまた東京で皆に会いたい、と洋平は心底、願っているということも伝えた。

一年目の梅雨の季節が過ぎ、夏の暑い盛りだった。孝雄から分厚い速達の封書が届いた。飲み会の案内？　だとしたら、速達はおかしい。封を開けた。洋平が亡くなったことを冒頭で知った。自死の知らせだった。

その前に、孝雄が連絡をもらって、銀座のレストランで会ったときは普通に元気そうで、京都ではずいぶん私に心配掛けてしまって申し訳なかった、と言っていたという。

それから三日後のことだったらしい。ニュースで知ったようだ。新聞の訃報欄の切り抜きも同封されていた。さまざまな思いが交錯する。同時に非常な自責の念に駆られてしまった。

なぜ、少しでも分かろうとしなかったのだろうか。

「ただ、君だけは分かってくれると思っていた……」

その部分だけが何度も何度も繰り返し繰り返し駆け巡ってくる。

同封されたもう一つの厚めの封筒は康江から私宛のものだった。フランスから帰国したばかりの玲子と会ったという。玲子から私宛の封書も同封されていた。几帳面な玲子の、おそらくは考え、考えして書ききったものというのは封を開けたと同時に、冒頭に書かれた「どうしても自分の思いを話してわかってもらいたかった」という一文が目に入った途端、おおかたのことが推察できた。

皆で一緒に初めて観た洋平の『マクベス』から渡仏するまで、東京での彼の劇の公演はすべて観たという。その席には京都の能楽師という信男と面打師の雄高、そしてもちろん孝雄と康江も一緒だった。回を追うごとに洋平の演技は、素人の目にもわかるほどに凄みを増してきた。評論家が言うには「能」との出会いだという。能楽師との対談なども自ら手掛けるようになった。彼の舞台は熱狂的なファンがつめかけ、毎回満席になるほどだった……

そのような内容のきちっと綴られた手紙だった。

どれくらい前からだったか、彼の異常さに気付き始めた……のはずっと前からだったような気もします
彼の生涯の幕ひきとなった舞台の『マクベス』は圧巻でした
おそらく観ているすべての観客も私と同じだったろうと思います

もちろん　仕事柄　そんな目で観ていたわけではないのですが
侍医とのやり取りの第五章　第三場　のくだりは
脂汗がにじみ　目や耳を塞いでしまいたくなるほどでした

『心の病は医者にはどうにもならぬのか
記憶の底から根深い悲しみを抜き取り
脳に刻まれた苦痛の文字を消してやる
それができぬのか
心を押し潰す重い危険な石を取り除き
胸も晴れ晴れと
人を甘美な忘却の床に寝かしつける
そういう薬はないというのか』

『それは　病む者　自ら心掛けるより外
しかたございませぬ』……

この台詞だけはすべての記憶の中から

消そうにも消すことができないのです
カーテンコールに現れた彼の顔は
分厚いメーキャップの奥の悲痛な表情を
まざまざと見せつけていた……
私だけがそう感じていたのかもしれない
でないと　幾度となく繰り返される
カーテンコールなんてできないはず
私は拍手することさえ　ためらわれた
でも　他の観客はそうではなかった
芝居が終わった後も　舞台の中央で
拍手にこたえている洋平さんを見て
『マクベス』の興奮も冷めないまま
劇の続きの人殺しのマクベスが
現れているような錯覚をしていたに違いありません

その後　初めて舞台裏に彼を訪ねました
そのままの姿で　放心したように突っ立っていました

なぜか涙が流れ続けて……

このまま続けていてはいけない
侍医の役者さんも
しばらく何も考えず　ゆっくりと気の済むまで
休息をとってほしいのだけれど　とずいぶん心配していました

肉体の病はまだいいです
早いうちに病巣を手当てすればそれでいいし
それ以上進行するのを止めてしまう薬だってある
人の体なんて自ずから
良くなろう　良くなろう　としているのであって
それを　手伝ってあげさえしたらいいのだけれど
「心」というのは厄介なものです
十人十色……
一つの刺激を与えても　皆　それぞれに
受け止め方が違う

一旦　心の病にかかれば
その本人の気持ち次第で軽くもなるし　拍車もかける
だけど　そういった人たちが完治することはないように思えます
それどころか　だんだんと重くなっていくのが現状のようです

「心」って一体何処にあると思う？
「心」「体」とよく言うけれど「心」って何だと思う？
これが「心」でこれが「感情」です　これ「意識」です……
一個の人間から物体を取り除いたら
何が残る？
今まで多くの哲学者や文学者が
そこのところを極めようとしてきたのは分かるけれども
でも彼らも同じ人間でありながら明解　的確な答えは見付け出されず終い……
それは　もう　人類が滅びようと　地球が無くなろうとも　答えは出せないと思う
どんなに科学が発達しても　医学が進歩しても……
他人の精神を　心を預かる仕事が　これほどまでに難しいもので

また　単にヒューマニズム的善意をもってしても
決して心を病める患者さんを救えるものではない

現にその者ではないのだから……
洋平さんのことをすべてわかっている　と思っていたこと自体が
大変な奢りだったんでしょうね
私だけが彼を元通りにできる　と思っていたこと自体が奢りだったと……

まだ　むしろ　心理学者か宗教家のほうが彼を救えたかもしれない
私にはそんな神業みたいな能力はない

胃　腸　肺などとバラバラにできるように
そして病んでいる部分を取り除けるように
例えば「これが病んでいる　心　です」
「草臥れている　感情です」と
それを取り出して治すことができたら……

私は洋平さんではないから……

両親が好きなようにさせてくれたことに　感謝しているけれども
ソ連から帰国して　すぐに岐阜の彼の母上にもお会いして
とても大陸的な方　と一等初めに思えて
だけど　疑問符が付いたままの私に託されたものは悉く崩れていってしまった
自分で崩していったのかもしれない

「そんなに遠くまで行かなくても」と引き留める人もいたけど
小児外科の実践のため　それまでのすべての清算も踏まえて渡仏したけれど
結果はまだ見えてこない
ただ　こんな私が何処にいても何をしていても身近で温かく見守ってくれていた
孝雄君　康江さん　あなたのこと　何よりも嬉しいものです
洋平さんもそのことでは私と同じでした
孝雄君と康江さん　すぐにゴール　イン
随分　私には遠慮している様子だけど今は仕事に没頭できているから
趣味だ　と言っては意地　張っているみたいだけれど

頑張ってみようと思えていることを善しとします
これから　どんな一生になるかわからないけれど
それなりに生きていきます
あなたもお仕事　大変だろうと思うけれど
それぞれ懸命に　時々　息抜いて行ったり来たりして
会って　話したい事　聞いてもらいたい事　元気で話せたらいいね
近いうちに孝雄君　康江さんの婚礼の案内が届くと思うから
その前後　休みとってどこか行きましょう
元気だから心配　無用

玲子

誰にも負けないくらい洋平のことを愛し、理解していた玲子の、偽りのない、飾らない言葉をすべて受け入れようと思った。そうすることで洋平に対しての私の気持ちも解きほぐされたような気がしたが、すぐにでも玲子に会わなくてはいけないと思った。

転回　Ⅲ

ひとりの知り合いもいない当地での一年が経ち二年目があっという間に過ぎ、それなりに仕事も人並みに熟すことができるようになった。その間、孝雄、康江から連絡が来て、私の都合に合わせて東京での同窓会を決めてくれるようになり、その都度、上京した。三度目には、二人の結婚式の案内という嬉しい連絡だった。

洋平の欠けた二人の祭典の場には、雑談、所作に、それなりに落ち着きも感じられてきた玲子もいて、以前と比べて会うたびに明るくなっていくのが分かった。しかし、洋平のことは誰一人として一言も話さなかった。むしろ避けているように思えた。気の置けない仲間の二人の祝宴の席で、却って気丈に振る舞っている玲子に気遣いながらも仲間たちの繋がりは、これからもずっと続いていくことを再確認できたひとときでもあった。

玲子が中学校の修学旅行以来、という京都に来ることになった。自分の時間も少しはもてるようになったらしい。医局もなかなか大変だけれど、何もかも忘れて没頭できる与えられた仕事、場所があることが、今は、何より生きがい、という。

連休を挟んで五日間、同じように休みを取り、玲子と思い切りこれまでのこと、これからのことを話してみたい、と思った。

久しぶりの京都である。待ち合わせ場所は京都タワー正面入口と伝えた。五日間、という勤め始めてから初めての長期休暇となる。観光ルートのお寺も見て回りたいけれど、能の会があれば一度観てみたい、という玲子のたっての希望である。

久しぶりに雄高に連絡を取った。連休はあちこちの舞台で演能が予定されているようで、その中で雄高から届いた京都公演の番組は『楊貴妃』だった。洋平が初めて観た能である。まだ一度も能舞台、演能を観たことがないという玲子に、この曲を勧めるのは少しばかりのためらいもある。が、あと一番は『通小町』。いずれも初めて見る人にはショー的な要素もあって退屈、しないのではないか、と書き添えられていた。あいにく連休通して所要あって同行できないけれど、解説は大丈夫だと思うからよろしく、と招待券二枚も同封されていた。

仕事に慣れたころに、京都で入門した師匠の紹介で同じ流派の舞台稽古に通うようになって、すぐに三年目を迎える。職場に近い稽古場で、特別な用事がなければ、時間を十分に遣って先達たちの芸を拝見できることも楽しみの一つとなった。『楊貴妃』『通小町』いずれもドラマティックで好きな曲である。以前、謡本と解説のコピーを雄高が洋平にしてくれたのと同じようなものを玲子の為に準備した。その頃、「能楽」には、まだまだ駆け出しの私は舞台上の観るもの聞くもの、すべてが真新しかった。おそらく玲子も私や洋平と同じように感じるに違いない。

約束の時間に間に合うようにアパートを出た。引っ越してきて以来、何かと気を遣ってくれる隣の部屋の年配の女性に「五日間部屋を空けるから」と伝えた。「彼氏と旅行？」冗談交じりで言った彼女に「そうだったらいいんだけれど。お土産、買ってきますね」と言った私を見送るように彼女はドアの前に立って「気を付けて」と通りを行く私に大声で叫んだ。突き当たりを左に曲がる前に振り返ると、体を乗り出すようにして手を振った。お辞儀をして速足で近くの駅へと急いだ。

洋平と最後に会った日の同じ場所から同じところまで電車に乗り、目的地も同じ京都で会うことになる玲子と一緒に、あちこちと見て歩き、いろんなことを話して心行くまで楽しみたい、という懐かしいまでの静かで浮き立つ心持ちは、このところ無かったような気がする。

これから玲子に会って、五日間という間に二人では初めての京都で、何を話し、何を見て、何を感じるのか、すべてをリセットして真新しいもので埋め尽くしたい。

私鉄終着駅に早めに着き、京都駅前まで行くにも、約束の時刻には十分間がある。以前洋平が指定した「マイル・ストーン」を確かめたくて、その時と同じように目抜き通りの横断歩道を渡った。大通り沿いに西に向かってすぐの細長いビルの電光掲示板に、その時のままのその文字を見つけた。入口の脇には同じように、風化して文字も見えなくなってしまっている古い石碑が立っていた。様ざまな思いが交錯してくる。

五日目の東京へ帰る間際に玲子には内緒で、この「マイル・ストーン」へ一緒に来ることが私の目的の一つでもある。そして洋平と話したこと、様子などを直に伝えたかった。おそらく、いや絶対に、今だったら、玲子は私の話を聞くだけの心の広さ、豊かさ、余裕を持っているはず、と信じている。

最寄りのバス停から京都駅行きの市バスに乗った。洋平を送ってタクシーで駅まで行ったときとは全く違う私が同じ道を同じ目的地へ向かっている。その時の心中を探ろうとしても、今の自分自身を重ねようとしても全く合い重ならなかった。

約束の時刻の十分前にバスは終点の駅前に着いた。降車する客たちの列ができないうちに、と鞄を小脇に抱えて慌てて席を立った。運転手の「ありがとうございます」という言葉を余所に、向かい側の京都タワーまで一目散に掛けて行った。グループの中でも時間にはかなり厳しい玲子である。きっとだいぶ前に着いているに違いない。息せききってタワー入口を目指して駆けていくと、玲子が手を振りながら、いつもの柔らかな笑顔で迎えてくれた。

この塔をこれほど意識したことは、これまで無かったような気がする。大学の休暇中、帰省しては休み終わり前に戻ってくるときの朝方、夜行寝台列車のアナウンスと共に右手の車窓に浮かび上がるようにして突如、現れる塔を見て、二つ処の現実を切り離していただけに違いない。

とりあえずタワーホテルにチェックインして展望台まで行くことにした。この古都の条例で高層建築物には極度の制限があるという。三六〇度眼下に見渡せるビルや人家や杜の緑……初めて目にする景観だった。もちろん玲子も初めてである。

「何年　ここでくらしていたの？」

生まれて初めてこのタワーのてっぺんに上ってみた、という私に玲子は半ばふざけるように笑いながら言った。そういえば、東京生まれの東京育ちの玲子や孝雄、康江を前にして「東京タワーに上ってみたい」と言った私に、それまで一度も行ったことがない、と口をそろえて言った彼らに「一体、何年住み続けているの？」と私の言ったことを覚えているようだった。

二日目は玲子の希望で彦根まで行くことにした。日常の暮らし、仕事に追われ「帰らなくてはならない」ことを気付かせてくれた提案だった。

次の日は演能の予定がある。その為にも夜七時までには戻っていたい。

朝一番乗りで、ゆっくりと朝食を取り、そして、早めに京都駅から上りの快速電車に乗った。

……このレールウエーをどれだけ行ったり来たりしたことだろう……

その度毎に車窓から臨める風景もその時々に色を変え、景色を変えていたような気がする。大津に近づくころ、琵琶湖沿いには以前よりもずっと多くの巨大な煙突が立ち並び、一様にモコモコとした灰色の煙は同じ方向に流れていた。

……最後にここを通ったのはいつだっただろうか……

いろんな情景が次々に浮かんでくる。その一つひとつを消去していく。父の膝に乗って「あ、うみ……」と琵琶湖を見て言ったという時のこと、通るたびに工場が増えている風景……

「お墓参りに行こうか」
私の表情を感じ取ったのか、玲子が突然言った。
「えっ？」
不意を衝かれ少しばかり恥ずかしくもあったが、彼女の言葉で我に返った。誰も住むことなしの年月を数えると、廃屋にも近くなっているはずの家に彼女を案内するということも何かの巡り合わせかもしれない、と思えてきた。

……どんなことがあっても今しかない……

どこかの片隅に消えそうで消えないで押し込まれていた本能のようなものが湧き上がってくるのを、仕事の忙しさのせいで、と換言するという、ばつの悪い返事に、玲子は包み込んでくれるような笑みを浮かべながら、

「そうしよう　そうしよう」と、二度繰り返した。

パスポート用の戸籍謄本を取りに行った時の苦労話をしたことを覚えているようだった。

急遽、近江八幡駅で途中下車して、前に来た時もそうであったけれど、駅前の交番で道を聞いた。以前と同じように人懐っこそうな巡査がタクシー乗り場までついてきてくれてドライバーに説明した。

駅前の大きなスーパーは変わらず、しかし休日の昼前の目抜き通りは行き交う車や買い物客でにぎわっている。

やがて見慣れた橋を通り越したときには、記憶の奥まった端々にまできちっと入り込んでいってしまうような気がした。

鎮守の杜が見えた。もう、すぐだから、と玲子に行ったときには、ドライバーは速度を落としながら狭すぎる迷路みたいな道に入り込んでいった。やがて、白壁が目に入った。

この一帯だけは物心が付いたころからの記憶の枠に一寸も違わず、すっぽりと収まってしまう。

車を降りると壁伝いに門まで急いだ。時間は限られている。篠原さんがいつも掃除をしていてくれるようで、周りには枯葉の一片も落ちていなかった。

……壁生草

枯れず訪うべき……

同じ丈で同じ様で同じ草色で、と思えるのは、訪ね来るたびに門の脇に楚々と生きているその草に、自分自身を同化させてしまいたいと願っているからかもしれない。

そのことを玲子に話すのは、また、機会を見て、と思い、壁に沿って一回りして寺に向かった。駅前のスーパーで買った花とりんごを供えて、もう一度、家の周りを急ぎ足で通り越し、国道まで出て、タクシーで再度駅へと戻った。運よく快速に乗ることができた。

幸い昼前に彦根に着いた。下りの電車に乗るまでに五時間という制限時間を設定して、帰りの電車の時刻を確かめて、駅前の大通りをとりあえずお城へと歩いた。

お城の外堀近くで昼食を取り、城内へと入っていく。玲子は、お城は初めて、と言う。

小さいころ祖父に連れられて親戚の者が集まりお花見に来たことを私はおぼろげながら想い出した。晴れ着を着て、おつむには大きな花の飾りをつけて、まだまだ小さかった弟やいとこたちと前列に並んで、よそ行きの顔をしてアルバムに残されているモノクロの写真の背景は、お城の天守閣である。その時の写真の記憶しかない。ただ、その天守閣がとてつもなく大きく思えたことは記憶に残っている。

しかし、実際、目の前にある天守閣は記憶の中のものより、ずっとこぢんまりとしたものだった。玲子がすかさず言った。「あなたが大きくなり過ぎたのよ」と。妙に納得した。

急な狭い階段の脇の太い綱を頼りに上りきると、三方の窓から望める琵琶湖は広く果てなく青く美しかった。

世の中をよそに見つつも埋木の
　埋もれてをらむ心なき身は

昔、父から教わった歌だった。意味を聞いたところで分かるはずはない。しかし、埋木舎を出るころには、歴史に疎い私にも、ほんの少しは、年表の一隅に入り込めたような気がした。

五時間という流れが長かったのか、短かったのか、その長かった一日は終わってしまえば、あっという間だった。

　京都に着くころには、薄闇の中に白く浮かび上がった京都タワーが心持ち懐かしく思えた。

　ホテル近くの店で夕食のお弁当とワインを買って部屋に戻り、バスを使い、部屋着に着替えて、ほっとしたところでワインを飲みながらお弁当を食べながら夜中まで、心行くまで話し込んだ。

　これまでのこと、これからのこと、こうして話していることが不思議だということ。すくなくとも十余年前までは全く知らない者どうしだったにも拘らず。出会いとはこんなものなんだろう、という結論となった。しかし、洋平のことは、一言も話さなかった。私から切り出すことを、玲子は待っていたのかもしれない。

　しかし、そのことは京都での最後の日にと決めていた。


　次の日、早めに岡崎公園行きのバスに乗った。国立近代美術館あり、市立美術館あり、開演までの午前中はできる限り有効に遣いたい。

　九時過ぎに着いた。観光客が動き出す時間帯には早過ぎるのか、或いは、数多存在する神社、仏閣の観光ルートから少しばかりはずれてしまっているのか、平安神宮の境内に散策している人は疎らだった。駅前や街なかの全体が渦巻いて、非常に密度の高いエリアに比べると、靴音だけが響いて空気の動きさえ感じられない。近代美術館へ着いたのはちょうど開館の時刻だった。近代から現代にかけて活躍した、或いはしている洋の東西の画家たちの生き様を感じることのできるような絵画や彫刻など、心行くまでゆっくりと見て回った。館内のカフェで軽めの昼食を取り、観世会館へと向かった。

開館と同時に会場に入った。この能舞台は初めてである。広いロビーに売店、喫茶室などそれぞれどっしりとした趣のある館内だった。チケットに印字されているS座席は、舞台正面の真ん中ほどの一等席だった。

かつて洋平が観た能である。的確な直感で物事を見定める彼女に「謡本と解説は不要と思ったけれど」と断った後、手渡した。

狂言を相中に挟んで、『楊貴妃』と『通小町』が過ぎて行く時間に乗っかったように舞台の上で転回していく。

「比翼連理」――洋平が大切に育み、慈しんで芝居の基本、信条としてきた言葉である。玲子は何か感じるところがあったはずだ。

それとなしに視線を移すと、渡した解説の書かれた紙をじっと握った手がほんの少し震えていた。

天に在らば願はくは　比翼の鳥とならん
地に在らば願はくは　連理の枝とならん

洋平が初めて「能」に触れた曲である。その時のことが後になり先になり想い出されてくる。信男の、微に入り細を穿つ説明を、一つ残らず取り込んで、自分のものにしながら頷く洋平の表情の一つひとつ……

今、思い返せば、雄高、信男、洋平、それぞれが精一杯に時を過ごしていたような気がする。

『通小町《かよいこまち》』は小野小町と彼女への執拗で熱烈な愛欲を持ち続ける、深草の少将との恋愛事件が主題になっている。なかなか見応えのあるシテの演技だった。

すべての番組が終了して、皆、思い思いに席を立ち出口へと向かう。玲子の足取りが少しばかり重たくなったように感じた。彼女は「ありがとう」と一言だけ言った。後はホテルに帰るだけである。思うままに時間をかけるのも良い。外はまだ、ほんのり明るかった。

三条河原町まで歩いていき、新京極のアーケードに沿って右の店、左の店を、ほとんどが観光客と思われる人混みをかき分けながら見て回った。玲子は修学旅行で来たことを想い出したようだ。

……何年ぶりだろう……

当時と全く変わっていない老舗の土産物の店をのぞきながら、子供のようにはしゃいでいる玲子を見るのは、ずいぶん久しぶりのことだった。東京のど真ん中に生まれ、育っている玲子には、まるで異国のように思えていたのかもしれない。

父母に手を引かれ、いつも立ち寄った和紙の手芸、小物店の前を通りかかった。友人たちと大勢で賑やかに行き来していたころには、全く気付かなかった店だった。そのままでそこにあるのが不思議だった。母がいつもしていたように、母の好きそうな便箋と封筒を玲子と自分用にと二セット買い求め、玲子にプレゼントした。

途中、玲子の希望で、一見して老舗らしい店構えのうどん屋に入り夕食とした。濃い醤油味の江戸前とは違い、薄味のダシの利いた京風汁と麺をおいしそうに少しも残さず平らげてしまった。

「ああ　おいしかった」と、この上なく満足しているような玲子を見て、私もうれしかった。

四条通に出てタクシーでホテルまで帰るころには辺りはすっかり夜になっていた。三日目が終わってしまった。

次の日は玲子の希望で金閣寺まで行くことにした。

京都と聞けば、行ったこともない金閣寺がまず浮かんでくる。まるで何度か訪れたことがあるかのように。観光ガイドブックにはまず金閣寺のイラスト、写真が載っている。そのことが植え付けられているのかもしれない。

目の前にして初めて見る金色に輝く寺に、その思いも強いものがあったが、いくら思い返しても初めてのことである。

「デジャビュ　ジャメビュ　という記憶錯誤の用語があるけれど、異常ではない。誰だってあること。むしろ　そのことを楽しむくらいではないと」

と、精神医学に精通している玲子らしいアドバイスだった。

そこを出て、龍安寺、仁和寺御室へと一本道で行けるそうで、道なりにゆっくりと歩いていった。連休後半の沿道には、いくつもの旅行会社の観光客の団体が添乗員の旗に導かれるように、同じように移動している。皆、てんでにリュックを背負い楽しそうだった。その後を通り越して行くわけでもなく、一緒になって歩いていく。天気にも恵まれ、今まで経験したことのないような穏やかな日が過ぎて行く。

玲子と私の長期休暇の最終日を迎えた。チェックアウトをして、荷物だけをフロントに預け、玲子の午後三時の乗車時刻まで近くの三十三間堂に行き、それからバスで河原町四条へと向かうことにした。

目抜き通りの四つ辻を西に入ったところの「マイル・ストーン」の階段を私が先になり、一段一段確かめながら上っていく。席の並びも変わっていないようだ。いくつかの空席に以前と同じ、階段を上り下りする人の見える、少しばかり離れた奥の席に着いた。迎えてくれたウエイトレスにコーヒーとトーストを頼んだ。アコーディオンの物悲しいメロディが、以前来た時と同じように天井から降り注いでくる。

何から話していいものか、これまでずいぶん思い悩んできたが、目の前の玲子を見ていると、同じ席にいた洋平のことが、つい、二、三日前のことのように思えてきた。そんな私の様子、表情をいち早く感じ取ったらしい。

「洋平さん　ここに来たのね」

玲子のその一言で、話したいこと、話しておかなくてはならないことなど、そんなこんなをごく自然な流れに乗せることができるように思えてきた。

「六時間くらいここにじっとしていて、あなたのこととか、これからのこととか、以前の洋平君とは全く違ってて、どう、話していいものか、どう受け答えして良いものか、全然、分からなかった。

ただ、しばらくは、何も考えず、台本や台詞のことなど、すべて空っぽにして、生まれ育った場所で、惚けるくらいな時間を過ごすことになれば、きっと元通りの洋平君に戻ってくれる、ってそのことだけだった」

「あなたのそんな思いは充分に分かっていたと思う。でもね、人ってね、じぶんでわかっていながら、どうしようもできないことってある、そのことが、人らしくて、人の性でもあると思うの」

玲子のその言葉を聞いて、それまでの鎖で雁字搦めになっていたものから、すべてときはなたれたように感じた。

「私ね、五歳になる男の子、いるの」

「えっ？　いつ結婚したの？」

言った後で実に浅はかな質問だと気づいたが、すぐに玲子からの答えが返ってきた。

「結婚しなきゃ子供ができないってこと、無いから……」

「それはそうだけど……」

玲子は話し出した。

父親は雄高であるという。これにもびっくりした。洋平の舞台で何度か会っていて、いなくなった後も演能とか家元へのご挨拶とかに上京してきたとき、連絡をもらって、プロポーズもされたけれど、結婚なんて考えたくはなかった。嫌いな人ではなかったけれど、と言う。

「雄高君、子供のこと、知ってるの？」

「最後に会って以来、子供ができたとか、生まれたとか、全く連絡取り合っていないし、知らせてもいないし会ったこともない。これきりで、と伝えたから」

「ご両親は？」

「おじいちゃん、おばあちゃんの顔してる」

「後悔してない？」

「全然」

「よかった。あなただったら大丈夫。お手伝いすることあったら、いつでも飛んでいくから。次、今度みたいにどっか行くときは一緒にね。名前は？」

「洋平さんの『洋』に『横二』で、『ひろかず』」

「普通『よういちくん』って言われない？」

「普通でないとこが洋平さんみたいだから」

「そうだよね。

一昨日の演能のチケット、雄高君が送ってくれて。まさかご一緒するのがあなただったとは思わなかった？　……」

「きっと彼が届けてくれた、と思ってた。『比翼連理』って洋平さんの言葉だと信じていたから。『楊貴妃』、大好きだったから」

「『連理の枝』『比翼の鳥』、ほんとにどこかで繋がっているんでしょうね。太い太い一つの絆の幹で」

「絶対、そう思う」


そろそろ上りの列車の時刻となる。カウンターでそれぞれの代金を支払って、階段を下りて街なかへと出て、タクシーでホテルまで行き、預けた荷物を受け取り、駅へと向かった。

京都駅の土産物コーナーでは、飛び切り上等の京菓子をアパートの隣の部屋のおばさんと会社の同僚と玲子へのお土産にした。

「近いうちに同窓会で会いましょう。孝雄君と康江さんにもよろしく。ヒロカズ君にもね」

連休明け、仕事にも、倍、精出せるような気がした。

終章

雄高とジャズ喫茶「再会」で会うのも最後のような気がする。時間は無遠慮に過ぎていく。

ひとつの事実をいつか雄高と出会う機会があれば、そして話すことができる状況であれば、玲子のことは話しておかなければならないと、私に課せられた義務みたいに、しこりみたいに消し切れず今まで残してきた。幸い玲子は父親の病院で一端の医者として、ヒロカズくんは医学生でおじいちゃん、おばあちゃんに見守られながら頑張っている。

今しかない。

「ずっと前のことだけど、観世会館の『楊貴妃』『通小町』の能、玲子さんとご一緒でした」

驚いた様子ではなかった。むしろ次からの言葉をすべて受け入れようとしているように、私には思えた。ただ、今でも元気でいるのかどうか、とだけ聞いた。

「とっても元気です。東京では洋平君の舞台であなたに何度か会ったことがある、って聞いています」

「ずいぶん長く会っていなくて……」

「彼女のご両親に見守られながら母子でがんばってます。今、医学生で。ヒロカズ君ていうんです。とっても優しい、すてきな青年です。おじいちゃん、おばあちゃんっ子で母親思いで玲子さんもとても頼りにしてそう」

一気にそこまで話し込みながら、早く次へと逸る気持ちもあったが、雄高の反応を窺いながら話していきたかった。

「会ったことあるの？」

「東京へ行ったときは　いつも……」

そう、とだけ言って口をもごもごとさせたが、それ以上は聞き取れなかった。

彼は、ショルダーバッグから小さな二つの包みを取り出し、テーブルの上にならべた。

「一つは君に、もう一つは玲子君に渡してほしい」

一個ずつだけど、と言いながら、雄高は一つの包みを、大切なものをかばうようにして開けた。

「私もいただいていいんですか？」

慈しみながら袋の中から取り出したものは、小さな美しい能面のストラップだった。木材は木曽檜。軽くて、丈夫で、加えて他の木材にはない気高さをぶつけてくる。その木材に見合うように自分も心して対峙していかなくてはならない、と差し出した手には、能面の作業だけに魂と業を打ち込んできた長い歳月の極印を見るようだった。

「これはご自分で?」

自分ながら情けない問いだとは思った。

「いつかこんな機会が来るはず、そのときに渡そうと思って。でも、なかなか普通の面のようにはいかなかった。何度も何度も失敗して、ていうか、思いどおりにいかなかったりして。でもやっと、三年ほど前、ほぼ思い描いた通りの満足いくものができて。三年の歳月がさらに箔を付けたみたいで……」

雄高の手のひらで浮かんで見える小さな作品と対峙して、彼は何か話しかけているように私には思えた。それから握り締め、元の包みの中にしまい込んで、テーブルの上の二つの包みを私の方へ押しやった。

思えば、その時だけは目の前の雄高と、なんの衒いもなく、真面目に話すことができた。初めてのことであり、それがうれしかった。

「必ず、近いうちに手渡しで、あなたが面に託した思いを玲子さんに伝えます」

これ以上話す必要はない。雄高も私の思い以上に分かってくれたものと信じたい。

そろそろ、ここでの雄高との再会を終わりとしたい。今まで長い間持ち続けていたしこりは叢雲の途切れた間から一筋の光が差して不思議にどこへともなく消えてしまったような気がした。

「また会えるとは思わないけれど、よろしく、くれぐれもよろしく伝えてほしい。幸せに、と……」

「サマータイム」も「オータム・リーブズ」も「アズ・タイム・ゴーズ・バイ」も、幾度か繰り返し繰り返し店内に流れては、時は過ぎていく。

いくら時が過ぎ去ろうとも消え去らないもの、それぞれの歴史に、記憶に残るもの、それらはきっと、一つの枝、そしてもう一つの枝となって、そして太い幹に同じ木目を描いて帰還されて行くに違いない。

同時に、何故か、古里喪失者の私にも与えられた、ただ一つの年輪の如く刻まれた古里は、おそらく琵琶湖であるに違いない、と思えた。

「これから　どうするの？」

旅の途中のことなのか、これからの身の振り方のことなのか、どちらの問いなのか

一瞬迷ったが、

「もう、ずいぶん両親のお墓参り、できてないので、安土へ明日行こうと思います」

雄高は「そう……」とだけ言って、どちらからともなく席を立った。

ドアを開けて外へ出て、電光掲示板の静かに浮き上がった「再会」の文字を確かめて駐車場へ向かった。いつの間にか辺りは夕闇に埋もれていた。「送っていくから」という誘いを断った私の目の前を、雄高の車はヘッドライトに導かれるようにして通り過ぎて行った。テールランプの赤い色が点となって視界から消えるまで見ていた。昔、全く同じシーンを体験した気がする。映画のワンシーンだっただろうか。二度と会うこともない片恋の人との別れだった。とてもやるせなく悲しかった。

今は違う。いつまでも元気であることを願って、玲子のこと、洋一君のことを話せただけでも雁字搦めにして持ち続けてきたものから、ようやく鎖が切れて自由になれた瞬間を、自覚することができたのだから。

少しばかり歩いていくと、昔、何度も行き来したアパートの辺りにたどり着く。路地の角の、しばらくバイトをしていた喫茶店はファストフードの店に変わっていた。やけにその場所だけがＬＥＤの照明で明るく浮かんでいた。

そういえば、常連の客で、『アランフェス協奏曲』だけをリクエストする学生がいた。ドアを開けて入ってきた瞬間、それまでのレコードを止めて。かけ替えさなくてはならなかった。

そういえば、バイトをし始めのころに、自己紹介をした芸大の男子学生は「名は修、『シュウ』と書く。シューベルトとは『ベルト』で結ばれ、シューマンとは『マン』という男で結ばれている」と、いつも弦楽四重奏『死と乙女』をリクエストした。モーツァルトだけを好む客、など、それぞれの拘りがあり……とそんなこんなを一つひとつ思い出しながら、路地を入ってしばらく両側を確かめながらあるいて行くと、記憶の淵にきちっと刻まれている長年住み続けていた二階建てのアパートが薄暗い街灯の明かりに浮かび上がった。しばらく立ち止まった。廃屋になっているらしい。朽ちた屋根の庇は、あちこちと波を打ち垂れ下がって、部屋ごとの窓には灯火は無く、人の気配は全く感じられなかった。寂しかったが年月が過ぎるというのはこのようなものなのだろう。隣の学生向けの二階建てのアパートは近代的なマンションに建て替えられていて、それぞれの窓には灯りがついていた。

「ご飯　炊いたから　おいでー」と聞こえると、それぞれの部屋から茶碗だけを持って集まってくる、そんな日々もあった。皆、今では年頭の挨拶だけになったが、鬼籍に入った友人もいる。「いつかみんなで会いたいね」と必ず結ばれている。次の年始めは「みんなの声が聞こえてきそうだった」と書くことにする。

完

著者プロフィール
末永 洋子（すえなが ようこ）
1948年生まれ。
鹿児島県在住。

連理の枝 〜演劇人たち〜

2024年12月15日　初版第１刷発行

著　者　末永 洋子
発行者　瓜谷 綱延
発行所　株式会社文芸社
〒160-0022　東京都新宿区新宿１－10－１
電話　03-5369-3060（代表）
03-5369-2299（販売）

印　刷　株式会社文芸社
製本所　株式会社MOTOMURA

ISBN978-4-286-25837-9